Grazia Deledda

L'ospite

L'OSPITE

Suonò l'Ave.

Margherita si fece rapidamente il segno della croce e mosse le labbra.

- Angelus... Angelus...

Non ricordava altro quella sera, perché ella ripeté la dolce parola almeno dieci volte. Poi le sue labbra pallide si fermarono del tutto, semiaperte, quasi ad aspirare il vento che recava, vibrando, i rintocchi dell'Ave. Ma, quando l'ultimo tocco morì tremando in lontananza, e tutto ritornò nel gran silenzio di prima, Margherita riprese la sua preghiera, gemendo, tanto che s'udiva il suo bizzarro latino:

- Angelus Domini nunziavit Maria e concepivit Spiritui Santo... Ave Maria, grazia piena... che freddo che ho, Dio mio... abbiate pietà di me. Dio ti salvi, Maria, piena di grazia, il Signore è teco... Oh, Dio, Dio mio, come soffro, come son triste... Ecce ancilla Domini...

Di questo passo lamentandosi, gemendo, con la testina appoggiata al tronco di un elce, ella disse la sua preghiera.

Veniva dalla montagna un vento freddo, e la luna, color paglia, cominciava a risplendere traverso gli elci, nel cielo ancor vivo. Gli elci erano solo dieci o dodici, in fila, lungo il muro degli orti, ma bastavano, con la luna, con la tristezza del crepuscolo invernale, a dar l'illusione di un bosco. E Margherita ci credeva, ci credeva tanto che le sembrava proprio di esser sulla montagna, quattro mesi prima. Cioè, le sembrava e non le sembrava. La luna, gli elci, la sera, la sua stessa angoscia le ridonavano - come del resto gliela ridonavano ogni sera - l'illusione di trovarsi nuovamente lassù, nel suo sogno e nella sua felicità; ma ora il freddo ed il vento le facevano nello stesso tempo sentire come lontano era il sogno, come perduta era per sempre la sua felicità.

E il vento ed il freddo della triste sera accrescevano la sua angoscia.

Nel cielo limpido, che la luna, a misura che riluceva di più, rendeva diafano come il cristallo, si sperdevano certe nuvole color rame e fumo, allungandosi, sfilandosi, che sembravano pensieri di tristezza indicibile e d'angoscia sovrumana.

E Margherita, col viso in su, la testa sempre appoggiata all'elce, gli occhi smarriti in quel mare di tristezza infinita ch'era il cielo con quelle certe nuvole, gemeva sommessamente, sommessamente, invocando la morte.

Certo, grande sventura doveva esser la sua se si sentiva tanto infelice, con un profondo dolore scolpito sul viso delicato e bianco.

Eppure era una storia così semplice e facile a indovinare!

Ella aveva diciannove anni, ed era innamorata. Una cosa semplicissima, ma c'era un po' di complicazione nei particolari. Ora sentite come stavan le cose.

Quattro mesi prima un gruppo di persone gaie e distinte, signori, studenti, ufficiali, bambini e qualche vecchio, fecero una scampagnata ed una escursione sulle montagne. Margherita, i fratellini e la mamma, erano tra le persone più distinte, giacché erano persone ricche, non per altro. Non avevano alcun titolo, alcuna nobiltà, nessun'altra distinzione. Margherita poi non possedeva neppure quella bellezza che attira e fa dimenticare ogni altra cosa, anche se è una bellezza fredda o sciocca o stupida.

Del resto, è sempre meglio ammirare una ragazza bruttina, intelligente, graziosa e... ricca, che una fanciulla bellissima, senz'anima e senza dote, non è vero? Margherita non era bella, ma molto intelligente, e suo padre s'intendeva di rendita, di cartelle e di chequès, come se non s'intendesse di null'altro. E graziosa poi, assai, assai. Era bianca, delicata; ma le mancava molto per esser bella: le mancava la perfezione del profilo, del contorno, della bocca, di tutto.

Però, ridendo, faceva le fossette, e gli occhi pensierosi le sfavillavano. Poi sapeva quanto valeva e possedeva un modo tutto suo per trattar la gente, tra l'affabile e l'altero, tra il serio e il sarcastico. Con gli uomini però restava un po' timida, sulle prime, e non pareva dessa. Non aveva esperienza della vita, non aveva mai fatto l'amore, forse mai amato, e sognava ed aveva paura del gran mistero. Perciò s'intimidiva davanti ai giovanotti - spiritosa con i vecchi, con gli ammogliati e con le donne - e sotto il loro sguardo l'anima sua si sentiva smarrita, il suo sguardo diventava incerto, arrossiva, e qualche volta aveva voglia di piangere, sembrandole che i complimenti fossero caricature.

Fu così che, durante la salita alla montagna, Silio Boly, dopo averla accompagnata per un pezzetto, restò indietro ad attendere un ufficialetto, suo amico. L'ufficialetto spacconava con una borsetta ad armacollo e canticchiava un'arietta tragica. Pareva un conquistatore, o per lo meno non dimostrava di accorgersi della consunzione molto avanzata della sua divisa.

Silio gli disse dunque, canzonando, ma in modo di non essere inteso da altri:

- Signorina Margherita, di qua, signorina Margherita, di là... corpo di bacco, sai tu quanto può possedere, Leandri?

- Cosa ne so io? - rispose l'altro meravigliato. - Se non lo sai tu che sei del paese! Se vuoi, non la conoscevo ancora.

- Dicono che è spiritosa. È una sciocca, io non so dove la trovino spiritosa.

- Cosa le stavi dicendo?

- Questo e quest'altro.

Per cinque minuti, Silio continuò a dir corna della povera Margherita; ciò non ostante, poco dopo la raggiunse di nuovo e riattaccò discorso. Forse voleva divertirsi semplicemente, far dello spirito, ma, ad ogni modo, Leandro Leandri, l'ufficialetto, pensò che con le ragazze ricche non bisogna scherzare, specialmente quando si è spiantati, come Silio; un avvocatino praticante, gran ballerino, gran suonatore di chitarra, gran ciarlatano, e con le tasche vuote. Anche Boly non era bello, ma s'imponeva con la sua persona alta ed elegante e con le sue ciarle.

Salivano sempre, ed era di sera.

Dovevano passare una notte ed il giorno dopo sulla montagna, nelle stanze e nelle capanne addossate al santuario, fra i boschi.

Per le signore e per i bimbi s'eran già mandati dei materassi e delle coperte, e gli uomini dovevano accomodarsi come potevano, ma del resto tutti prevedevano di passar la notte divertendosi.

E salivano sempre. Il sentiero era aspro, fra grandi graniti spaccati, ma a momenti apparivano delle piccole pianure, donde si godevano vasti panorami, e il timo olezzava, e poi cominciavano i boschi e venivano le felci, e il sentiero rasentava dei ruscelletti pieni di giunco e di frescura.

Nessuno si accorgeva del lungo cammino faticoso, tra le ciarle e le risate. I bambini erano i più coraggiosi e infaticabili.

E Silio Boly accompagnava sempre Margherita. L'ufficialetto dalla borsetta ora guardava sempre in alto, verso quei due, deciso di tenerli d'occhio. Peggio per Boly, che aveva destato la sua curiosità.

Margherita vestiva semplicemente di grigio biancastro e teneva una sciarpa rossa intorno al collo e la mantellina sul braccio.

Leandri seguiva la figurina elegante con ostinazione, e la vedeva sempre più in alto, andare svelta e diritta, senza stancarsi mai. Nei luoghi stretti Silio la lasciava passar davanti, e una volta quello della borsetta vide l'amico porger la sua mano alla fanciulla per aiutarla a varcare una piccola rupe. L'ufficiale se ne stizzì, avrebbe voluto raggiungerli e mettersi a corteggiar Margherita, per far dispetto a Boly, ma non poteva arrivarci. Li guardava sempre come un incantato; un signore lo sopraggiunse e gli diede uno spintone dicendo:

- A che pensate?

Poi passò oltre, lasciandolo offeso e mortificato. Dopo tutto, cosa gli doveva importare se quei due camminavano insieme?

Sotto i boschi alti la sera avanzava e il silenzio era dolcissimo, solenne. I pigolii degli uccelli sembravano preghiere, e c'era tanta poesia nei piccoli sentieri tracciati tra le felci e vicino alle fontane, da non potersi ridire.

Dietro alle spalle dei viaggiatori, nello sfondo degli alti elci, l'occidente rosso gettava il suo riflesso sino ai boschi, sino al cielo leggermente cinereo.

Prima di arrivare alla chiesa, i ragazzi e le persone che precedevano si fermarono su un ciglione, su un muricciuolo che dominava una verde radura, aspettando che tutti arrivassero. E le ragazzine, cinque o sei belle bambine, intonarono la Marcia Reale, con certe vocine alte, di uno strano effetto su quell'altura, in quel gran silenzio maestoso. Leandri si sentì venir le lagrime agli occhi, benché Ninnìa Farina cantasse precisamente l'inno, storpiato in questo modo:

Viva il Re! Le armi imparate,

Le bandiere al vento sciolte,

Siam di fronte alle rivolte.

Viva in lui la libertà... la libertà;...

Fu così che finalmente raggiunse Boly e Margherita, e non li lasciò per tutto il resto della strada.

Le ragazzine precedevano cantando sempre la Marcia Reale, e tutti gli altri, in gruppo, seguivano, quasi al passo di marcia.

- È un luogo incantevole - diceva Leandri con aria stanca. - Hai tu dei boschi quassù, Boly?

Il giovine si morsicò la punta della lingua, perché non aveva né boschi né terre, né quassù né laggiù, ma fu pronto a rispondere:

- Io no, ma la signorina sì!

- Sì, molti - affermò semplicemente Margherita, che si metteva la mantellina, dietro ordine della madre.

L'ufficiale credé capire qualche cosa nella vivace risposta di Boly, e se ne ingelosì. Fu in quel momento che cominciò a far complimenti con la ragazza, ma venivano accolti così freddamente che pensò:

- O è davvero sciocca, o son giunto tardi.

Tuttavia continuò a perseguitare la graziosa coppia con la sua presenza, anche quando arrivarono e quando si riposarono.

Boly lo mandava al diavolo ogni minuto, e più d'una volta fu per dirgli:

- Fammi un po' il piacere, levamiti dai piedi, mio caro, tanto la dote di Margherita non fa per te!

Nella chiesa, ove giunsero ch'era quasi notte, c'era altra gente; gente che abitava lassù da qualche giorno per far la novena alla Madonna, protettrice delle montagne.

I nuovi arrivati furono accolti festevolmente e vennero messe a loro disposizione due o tre delle vecchie stanze incomode addossate alla chiesa.

Si cenò naturalmente male, ma subito dopo tutti uscirono sulla spianata e cominciarono i balli, i suoni e le avventure.

La luna spuntò, rossa ed immensa, dal lontanissimo mare, e tutti restarono estatici davanti all'improvviso spettacolo. Una grande, sublime gioia era lassù, in quel luogo strano, lontano dal mondo. Pareva un sogno, con la chiesa screpolata, i boschi immobili nella calda notte, i grandi fuochi accesi sulla spianata, ove i bimbi ballavano e le chitarre trillavano ridendo e singhiozzando. A poco, a poco la luna fu dimenticata, ed essa, per vendicarsi, fece impallidire la luce dei fuochi e illuminò tutti i volti.

E Leandri continuava a spiare Boly e Margherita. Siccome Margherita era sempre festeggiata, nessuno trovava che ridire se Silio l'avvicinava troppo; ma l'ufficiale sorrideva malignamente.

Boly suonò la chitarra e cantò appassionatamente un'aria del David Rizio, del maestro Canepa, poi volle ballare anch'esso e ballò sempre con Margherita.

Ora, siccome molti signori e signore, che non avevano voglia di ballare, erano andati a far delle escursioni poetiche, Leandri vide ad un tratto che anche Boly e Margherita mancavano dalla spianata! Non c'era alcun male e nessuno ci badò.

Ma l'ufficialetto restò male, e, per levarsi certe idee di testa, si mise a ballare come un disperato, senza levarsi la borsetta, che dava gran fastidio alla sua dama, una ragazzina di quindici anni, molto sventata.

- Cosa ci ha lì dentro? - gli chiese con curiosità. - Perché non se la leva?

- Eh, diavolo! - diss'egli impacciato. - Cose necessarie.

- Uno specchio? Il pettine? - fece l'altra, ridendo. - Il binoccolo?

- Oh, no, no, niente affatto!... - rispose egli, mordendosi un baffettino, cioè la punta di un baffettino. Avrebbe voluto dire d'averci il binoccolo, ma temé che la ragazza glielo chiedesse. In realtà, non ci aveva nulla.

E così passò l'ora. Boly tornò solo, inosservatamente, e Margherita riapparve con altre signorine. Leandri, còlto da un eccesso di vera gelosia, le andò vicino e la guardò sfacciatamente.

Ma essa non gli badò; aveva il viso bianchissimo, più del solito, e su quel pallore alabastrino spiccavano le labbra, rossissime, quasi sanguigne. I suoi occhi poi erano pieni di sogno e di sgomento. Rideva, ma con gaiezza febbrile: s'era levata la mantellina e la sciarpa, e pareva avesse tutti gli ardori della febbre.

- Margherita, Margheritina mia, che cosa ti stai facendo! - le diceva quasi ogni giorno zia Baingia, ch'era la sua balia, scuotendo la testa con grande compianto.

Zia Baingia aveva allevato Margherita e, siccome stava vicina di casa, andava spesso a trovarla. Le voleva molto bene e avrebbe voluto vederla accasata con un re. Ora, quando le dicevano che Margherita faceva l'amore con l'avvocatino Boly, zia Baingia ne provava moltissimo dispiacere e quasi mettevasi a piangere. E sempre le ripeteva:

- Margheritina mia, che cosa ti stai facendo? Non stai forse bene in casa tua, non sei ragazzina ancora, non puoi sposare un uomo ricco e conforme al tuo grado?

Margherita diceva sempre di no, negava e pregava la balia di non credere alle lingue cattive.

- Io non conosco quasi neppure questo Boly - diceva. - Sono sciocchezze che dice la gente, perché ho ballato con lui al monte.

Diceva così, sorridendo a fior di labbra, ma in fondo al cuore sentiva un'angoscia infinita e le sembrava di odiare zia Baingia perché parlava male di Silio Boly, di cui in realtà era perdutamente innamorata, e col quale si scrivevano, in attesa di giorni migliori.

Si capisce facilmente: per Margherita non c'era un altro cristiano più bello, più buono e più nobile di Silio Boly. Quando gliene parlavano male, perché era povero e non aveva ancora una posizione, ella odiava la bocca che pronunziava le male parole, e sentiva di disprezzare tutta l'umanità, che pretende la grandezza e la nobiltà non nel cuore e nella mente, ma nelle tasche delle persone. Margherita ne piangeva come una bambina, ma sperava nell'avvenire.

In casa sua sapevano tutta la storia, e le parlarono chiaramente:

- Non vogliamo che tu ami costui!

Ma come era possibile non amarlo? C'era una volontà superiore che l'imponeva, che vinceva ogni altra volontà. Non era forse la volontà di Dio? Margherita soffriva e dimagrava, e desiderava morire, ma ogni lettera di Boly le ridonava ogni forza ed ogni speranza.

- Voi lo vedete, Dio mio, - diceva, pregando, coi gomiti sul davanzale e gli occhi vaganti sulla verde linea delle montagne, - io non posso vincere perché voi lo volete. Come posso io vincere? Egli è buono, è nobile, è grande ed io l'amo per ciò. Non potrò mai amare nessun altro, o Dio mio, o Dio mio, o Dio mio!

E scendevano le lacrime, con quell'angoscia acuta che pare voluttà, e giorno e notte, ovunque fosse, con chiunque fosse, ella pensava e sognava di lui, desiderandosi vicina a lui, stretta a lui per tutta l'eternità. Perché, infine, che cosa è l'amore, che cosa è la passione se non il desiderio vivo, invincibile, continuo, di trovarsi vicino a una data persona? Salvo poi a non provarci più alcun gusto quando ci si è vicini.

Ora avvenne un caso straordinario. Si era agli ultimi di ottobre, dopo una pioggia dirotta che aveva lavato i tetti e le montagne, dando ad ogni cosa la dolce tinta umida e decisa delle belle giornate d'inverno. Anche il cielo era diventato più azzurro e limpido, e gli elci dell'orto avevano ora il colore fosco e lucente delle foreste nordiche. Di notte, la luminosissima luna d'ottobre, su quel cielo limpido che pareva d'acqua, smaltava il paese, allagandolo dell'argento liquido più puro, ed in una di queste notti meravigliose arrivò in casa di Margherita un ospite. Si chiamava Antonio Arau, ed aveva trentasei anni. Era di buona statura, d'un'eleganza piuttosto pesante e poco ricercata. Era bruno, bronzino di volto, con la bontà e la semplicità scolpita sulla fronte, sugli occhi tranquilli e sulla bocca sorridente. Aveva poco spirito, una coltura molto mediocre e moltissimi denari.

Cavalcava stupendamente, cacciava cinghiali e caprioli come altri può cacciar passerotti, ed aveva anche viaggiato molto. Ma, dopo tutto, era un signore da villaggio, cioè una cosa volgare e poco interessante. Veniva per giurato alla Corte d'Assise, ed essendo molto amico della famiglia di Margherita, andava ad ospitare in quella casa, come il padre di Margherita ospitava in casa degli Arau, allorché si recava nel loro villaggio. Da quasi cinque anni però Antonio non era più tornato nella città; si stupì quindi grandemente quando vide che il suo amico aveva una figlia grande e vezzosa come Margherita.

Al suo arrivo tutti erano usciti nella corte per dargli il benvenuto, mentre smontava da cavallo.

Era notte, e alla luce della luna sotto i pergolati spogli Margherita sembrò ad Antonio più bella ed elegante di quel che realmente era. Gli sembrò una signorina di venticinque anni, e provò una specie di soggezione facendo la sua conoscenza.

- Io l'ho lasciata quasi bambina - disse, e non seppe farle alcun complimento, per cui ella lo giudicò male e sorrise di lui.

Antonio Arau fu ricevuto con gran festa; portava dei regali magnifici, e gli fu assegnata una camera fra le migliori della casa.

Il padre di Margherita era tutto felice di aver l'amico in casa sua, e voleva lo trattassero con infinita gentilezza, perché anch'egli veniva ricevuto così dagli Arau.

Di notte, dopo cena, si trattenevano assieme fino a mezzanotte, e dopo tre giorni Antonio diventò anche l'amico intimo dei bambini. Con Margherita, invece, restava un po' troppo timido e rispettoso, benché si fosse accorto ch'ella era ancora tanto bambina e semplice. Margherita lo riguardava con cortesia, ma alle spalle gli faceva uno strano sorriso. Gli sembrava vecchio e goffo, ignorante e volgare.

Antonio non poteva pensare a questo; la fanciulla era tanto gentile e vezzosa con lui ch'egli ne restava incantato. A tavola, a conversazione, in ogni luogo, non poteva staccarle gli occhi di dosso. Doveva essere una ragazzina semplice e buona e prudente se parlava così, con tanta educazione, se era così obbediente e rispettosa, se amava e sopportava con tanta grazia i fratellini, monellucci irrequieti, se vestiva con tanta semplicità. Indossava sempre lo stesso vestitino d'indiana azzurra, col colletto bianco rivoltato, adorno di una sottile gala che le rendeva il collo più bianco e delicato. E la blusa raccolta alla vita, e le maniche larghe sino al gomito, le davano un'aria di spigliatezza e d'eleganza ch'era tutto un poema affascinante. E per affascinare Antonio Arau, ci voleva molto, molto meno di ciò. Vedeva il vestitino di Margherita anche quando dormiva, e lo rivedeva nelle vie, alle Assise, sul banco dei giurati, e infine, per vederlo ancora di più, fece di tutto per restare un'altra quindicina, al contrario degli altri giurati che lavoravano di mani e di piedi per esimersi sin dal primo giorno.

Cosa c'era infine? Una cosa molto imprevveduta da tutti, fuorché da Margherita, che se ne accorse subito, e che quindi cominciò a provare per l'ospite quel sentimento o sensazione apportata dal fumo agli occhi.

Antonio si accorse del suo amore un giorno che gli dissero al passeggio come Margherita facesse l'amore con Silio Boly. Si sentì venir meno, e i suoi occhi buoni guardarono quasi ferocemente il giovine ed elegante avvocato. Eppure, per una strana legge d'attrazione, fu costretto ad avvicinarsi a Boly, che sapendolo ospite in casa di lei, gli fece mille feste.

Diventarono quasi amici.

Così, trovandosi qualche volta solo con Margherita, le parlava sempre di Boly, chiedendole s'era vero che facevano l'amore. Essa arrossiva, ma negava sempre. Antonio le credeva, perché aveva assoluto bisogno di crederle, ma non poteva mai dirle come avrebbe desiderato star lui, e non Boly, dentro il suo giovine cuore.

Avrebbe voluto dirle:

- Margheritina mia, io non pensavo punto di prender moglie prima di venir qui, ed ora tu m'hai fatto cambiar di parere. Perché lo sai, Margherita, se realmente non provi nulla per me? Lo so bene, non sono elegante come Boly, ma se tu sapessi come è gaia e piena di grazia di Dio la nuova casa che mi son edificato ora, sul confine del villaggio! Dirai che ho tanti anni più di te, ma sai... sai... io mi sento tanto giovane davanti a te... sai... alla mia età si ama in un modo straordinario, con tutte le forze possibili ed immaginabili... come non si ama altra volta... e l'amore rende giovani, e non lascia più invecchiare, Margherita... Margherita...

E tante altre cose avrebbe voluto dirle, ma non ci riusciva mai. Così i giorni passavano. Antonio ad ore credeva d'essere in casa di Margherita da un secolo, ad ore di esserci da un minuto, il tempo di un sogno solo solo...

E veniva il novembre, con una precoce estate di San Martino, che rendeva le sere tiepide e colorate. Antonio era da ventitré giorni in casa di Margherita, e gli restavano ancora sette giorni per decidersi.

Aveva preso una relativa famigliarità con la casa e con le persone; e voleva bene ad ogni angolo, ad ogni oggettino che vedeva là dentro. Il viale specialmente egli amava, il viale in fondo agli orti, su cui gli elci gettavano sempre l'illusione di un bosco, ove Margherita passeggiava ogni sera. Di là si vedevano le montagne, e si sentivano le capre a pascolare, e gli uccelli cantare in lontananza le melodie della solitudine e dell'amore.

Una notte Antonio si trovò come per caso sotto gli elci, ma Margherita non c'era. Pensò che avrebbe volentieri ceduto tutti i boschi cedui e non cedui ch'egli possedeva nel suo paese, pur di aver quegli elci e i pensieri che Margherita formulava, passeggiandovi sotto. E andava su e giù, vedendo sempre nell'ombra la veste azzurra, che non poteva toccare: perché non poteva raggiungerla, perché non sentire la testina graziosa che sognava sotto quegli elci, sul suo petto di forte gentiluomo? E dire solo così:

- Margheritina mia!

Ora avvenne che Antonio Arau, coi suoi trentasei anni, fece una pazzia quella sera; baciò il tronco di un elce; ma il tronco era così freddo e inanimato che un brivido gli fece tremare tutte le larghe spalle, e le mani bronzine. Poi raccolse una foglia, dura e grigia, e la raccolse bene. L'indomani doveva partire.

Sarebbe partito senza dir nulla, se quel giorno Margherita non fosse uscita di casa. Invece, verso le due, ella si vestì, e, prima di mettersi il cappello, scese per dare il buon viaggio all'ospite.

- Dunque, - disse entrando, - lei parte stasera?

Non ne dimostrava alcun dispiacere; Antonio la guardò e non poté dir nulla, ma sorrise, con un vago incantamento entro gli occhi.

Margherita vestiva quasi sfarzosamente, un abito di lana bianca pesante a fiori di seta; due larghi nastri verdi le partivano dal fondo della sottana, dopo aver formato un fiocco, e si fermavano sui fianchi sottili, poi ripartivano fino alle spalle, come bretelle, formando altri due fiocchi al di sopra delle maniche larghe.

Antonio la guardò lungamente. Poi prese avidamente la sua manina e disse:

- Sì, parto... ma ritornerò!

- Allora, arrivederci! - ella esclamò, e disse qualche altra parola graziosa che Antonio non capì.

Pensava che non poteva più partire così, senza tentar la fortuna. L'abito bianco con le bretelle verdi trasformava Margherita, e questa trasformazione dava un coraggio immenso ad Antonio.

Pensò: ella non vorrà seppellirsi nel mio villaggio, per quanto bella ed elegante sia la casa mia, ma io verrò qui... andrò ov'ella vorrà, anche a Cagliari... anche a Roma. E, appena uscita la fanciulla, l'ospite parlò col padre suo e gli chiese la manina della piccola, irresistibile incantatrice.

Il padre, che aspettava questa domanda, abbracciò e baciò l'amico.

- Parti tranquillo, - gli disse teneramente, - io farò di tutto per renderti felice, e assicurare, nello stesso tempo, la felicità di mia figlia.

Antonio partì, e gli sembrava sempre un sogno. Il sole tramontò mentre egli viaggiava ancora, e tutto l'orizzonte si tinse di violetto, dolcemente, melanconicamente. E anche la nebbia, che usciva dalle terre arate, era leggermente violetta, e nello stradale i mucchi di ghiaia color sapone sparivano ad uno ad uno in quella nebbia, mentre il cavallo di Antonio Arau faceva un bel sogno come il suo padrone.

Cominciò allora una persecuzione continua, orribile nella sua dolcezza, per la povera Margherita.

Il padre e la madre, la balia e tutti i parenti, ogni giorno, ogni ora, ogni istante, le parlavano, con calma insinuante, di Antonio e della sua proposta di matrimonio.

- Io non lo voglio! Non voglio neanche sentirne parlare! - diceva essa con ostinazione. - Perché volete sacrificarmi? Vi son di peso? In tal caso ve lo leverò presto il fastidio! - esclamava impallidendo. E si metteva a piangere, pregando Dio di farla morire.

- Figlia mia, Margheritina mia, - diceva il padre carezzandole i capelli, - tu non senti tutto il bene che ti vogliamo. È solo per il tuo bene, solo, solo per questo. Pensaci bene. Con Antonio Arau si apre per te il paradiso. Pensaci bene. Ci penserai?

L'accarezzava tanto bene ch'ella si lasciava, per il momento, commuovere, e rispondeva:

- Ci penserò.

Ma l'indomani tornava con la solita cantilena:

- No, no, no e poi no!

Ella non lo voleva questo straniero, questo gentiluomo di villaggio. Era vecchio, aveva un brutto nome, un nome volgare, mentre il nome aristocratico e feudale di Silio Boly era il più bel nome del mondo! Ella amava Boly e avrebbe sposato solo Boly, perché altrimenti egli ne sarebbe morto, ed ella pure!

Intanto, per maggior prudenza, il padre - sapendo che questo capriccio insano, come egli lo considerava, impediva a Margherita di veder la sua fortuna - fece di tutto per troncare la corrispondenza dei due innamorati. E portò la figliuola a viaggiare per allontanarla dalla sua fissazione. Lo fece con tale destrezza che ella non si accorse punto dello scopo e lo seguì con piacere, credendo fosse una gita di pochi giorni.

Dopo essere stati una settimana presso certi vecchi parenti lontani, andarono in un altro villaggio. Margherita per poco non fu colta da un accidente allorché vide venir loro incontro Antonio Arau. Questo dunque era il suo paese? Credé l'avessero portata per farle sposare Antonio, e in un momento di terrore supplicò suo padre di tornar indietro. Ella sarebbe morta, sarebbe morta! Si mise a piangere come una bambina, tanto che suo padre si vide disperato.

- È inutile! - pensò. - Non ne verremo a capo di nulla.

Pensò anche di adirarsi, ma siccome era uomo prudente non lo fece, tanto più trovandosi in paese straniero.

- Non far la sciocca, - disse semplicemente, - non ti ho portato qui per lasciarti. Ci resteremo un giorno solo, ma fammi il piacere di non far brutta figura.

Antonio li accolse in casa sua con gentilezza squisita. Abitava con sua madre, una vecchia e soavissima donna che baciò Margherita, facendole mille complimenti, e in quella casa fresca, nuova, ove trapelava il benessere da ogni angolo, Margherita si sentì tranquilla e sicura.

Era in dicembre e faceva un gran freddo; perciò Margherita non volle uscire per visitare il villaggio, e restò accanto al fuoco con donna Tommasa, mentre le serve preparavano un magnifico pranzo.

Donna Tommasa sapeva lo scopo della visita invernale dei loro amici, ma non fece veder nulla a Margherita. Parlarono di cose indifferenti, e poi venne un momento in cui non ebbero più nulla da dirsi.

Nel caldo della bella stanza moderna, traverso le cui cortine non si scorgeva per nulla la miseria del villaggio, Margherita sentiva un vago benessere, e trovatasi un momento sola chiuse gli occhi e pensò seriamente.

Lo strazio intimo che l'aveva fino a quell'ora investita parve calmarsi, e l'immagine di Silio Boly impallidì in lontananza. Era effetto delle cose vedute negli ultimi giorni, del viaggio fatto, delle nuove impressioni, o del caldo della pace grigia, invadente e solenne della casa di Antonio Arau?

Come era buona donna Tommasa, come era fina e prudente!

Dunque, dunque, doveva Margherita chinare la testa? Tanto Boly non glielo avrebbero lasciato sposare mai, tanto la sua vita era distrutta!...

Singhiozzò, ad occhi chiusi, e di nuovo, e sempre, desiderò morire.

- Dunque, - disse il padre ritornando, - cosa si pensa? Si riparte?

- Sì! - diss'ella, pronta.

- Stanotte, stanotte almeno! - supplicò Antonio.

Siccome Margherita insisteva, gli Arau parvero offendersi, e minacciarono di non andar più a trovare i loro amici, nella loro città, se non rimanevano.

- Ma perché sei venuta se non per vedere il villaggio? - disse donna Tommasa. - Stasera faremo un giro, andremo in chiesa... vedrai la chiesa...

- Me ne importa molto della vostra chiesa! - pensò Margherita con disprezzo. Tuttavia, dopo pranzo, uscì e andò in chiesa, e poi venne recata quasi in processione, di casa in casa.

- È la fidanzata di Antonio Arau - dicevano tutti. Furono feste, gentilezze, cerimonie da non dirsi. Le donne regalavano cose graziose alla visitatrice, e tutte le dimostravano apertamente quanta adorazione le avrebbero consacrato, venendo essa a stabilirsi fra loro.

Intanto Antonio restava rispettosamente lontano, e solo verso sera osò avvicinarsele. Ella sedeva accanto al fuoco, davanti al gran camino di granito, ed era in quell'ora dei crepuscoli invernali quando tutta la pace e la poesia della vita si raccolgono nelle stanze ben chiuse, ben arredate e illuminate dal fuoco. Antonio restò ritto dietro la sedia di Margherita. Fosse caso, o fosse previdenza altrui, si trovarono soli.

- Come t'è piaciuto il nostro paese? - domandò.

- È bellino - diss'ella con indifferenza.

Il calore del fuoco la faceva arrossire, e guardava con strana intensità le brace luminose. Sapeva dove Antonio sarebbe andato a finire, e ne provava uno strazio profondo, ma non pensava alle parole da rispondergli.

- Dunque, - diss'egli, dopo una lunga pausa, - dunque non verresti mai ad abitarlo? - E mormorò tremando: - Margherita?...

Ma mentre egli stesso si stupiva del coraggio che aveva a dir queste parole e questo nome, Margherita, la quale sentì bene il suo tremito, pensò indegnamente se tutto ciò non era commedia. E la sua amarezza crebbe, le inondò tutta l'anima, tutto l'essere, le allagò la bocca e le labbra. Fu così ch'ella disse, vivamente:

- Ah, è per questo che mi hanno portato qui? Lo sapevo, lo sapevo! Ma perché mi volete far morire?

Chinò la testa e singhiozzò. Antonio diede uno sbalzo. Questo sì, ch'era un sogno, un delitto, una cosa orrenda! Eppure egli sapeva ogni cosa, ed il padre di Margherita gli aveva detto:

- È una bambina ostinata, che non vede la sua fortuna. Ora io te l'ho condotta qui per farle toccare con le sue mani il bene che le recherebbe un suo solo cenno di testa. Prova un po' tu a farle dire di sì!

- Non piangere, Margherita, - disse Antonio, sedendosele accanto, - non ti hanno condotta qui per farti del male, e, se vuoi ripartire, ripartirai in questo stesso momento. Ma senti, - soggiunse poi scherzando con la morte nel cuore, - senti che vento; ci sono tutti i morti per l'aria. Non temi i morti?

- Io temo i vivi! - diss'ella sorridendo.

- Sì, giusto! Ma i vivi che vogliono recarti danno e infelicità?

Margherita capì subito che alludeva a Boly e si sentì stringer la gola, ma non disse nulla. Boly si allontanava sempre più, sfumava in quella grande e grigia oscurità invernale. Margherita non lo sentiva più dentro di sé, come prima; le sfuggiva con quel gran desiderio di stargli vicina che prima la dominava sempre.

Non desiderava più di star vicino a nessuno; desiderava solo di morire, e tutti i suoi sentimenti si assopivano in questo desiderio di sonno infinito. Perché non la lasciavano in pace? Perché la tormentavano ancora?

- Margherita, - disse Antonio dopo un lungo silenzio, - è tanto che aspetto! Non vorrai dunque rispondere mai? Io farò tutto quello che tu vorrai. Verrò nel tuo paese, se così ti piace; andrò dove ti piacerà. È per questo?

E si passò una mano sulla bocca, per nascondere il tremito delle sue labbra. Al riflesso del fuoco, l'iride dei suoi occhi buoni pareva una fiammella, e Margherita vedeva solo quella luce nella gran penombra che la circondava dentro e fuori.

Doveva rispondere sì? Ora le sembrava una cosa naturale e necessaria, assolutamente necessaria.

Ma non poteva parlare, non poteva muover la lingua; le sembrava che i suoi denti fossero una catena di montagne, in un paese oscuro.

- Perché non mi rispondi, Margherita? Tu non sai che supplizio è questo tuo silenzio! Dimmi qualche cosa, una sola, una sola parola! - Le prese una mano e la strinse fra le sue, calde e vigorose.

- Senti, - continuò, - io so ogni cosa tua, ma lo vedi tu stessa che è una sciocchezza. Boly è spiantato, i tuoi non lo vogliono, e poi non è un'anima buona, credi, perdonami...

Ma Margherita non aveva nulla da perdonare; quelle parole, in quel momento, non le recavano offesa come altre volte. Tutto le sembrava naturale. Antonio riprese:

- Io non ti chiedo che di lasciarti amare, uno, due mesi. Se, dopo questo tempo, tu non mi ami ancora, io mi ritiro. Ma rispondi dunque!?...

- Ma cosa devo rispondere? - diss'ella alfine, con voce di stupore.

Egli le strinse ancor più la manina, sorrise, e disse con gran dolcezza:

- Rispondi come ti dico io.

- Come?

- Che mi permetti di amarti per qualche mese, durante il quale non corrisponderai altro...

- Sì! - esclamò essa con semplicità.

Antonio toccò il cielo col dito.

Nella grigia oscurità della stanza, Margherita sentì le due fiammelle degli occhi di lui penetrarle fino all'anima e frugargliela tutta, ma non ne provò alcuna impressione, né dolorosa, né gioconda. Anche ciò le parve una cosa naturale e semplice, e quando Antonio le attirò la testolina e la fece posare sul suo forte cuore che batteva come una campana a festa, non sentì che l'impressione del panno fine della giacca sulla guancia delicata, e restò così, desiderando ancora e sempre la morte. Anche la morte, ora, le pareva una cosa naturale, la più semplice e necessaria delle cose.

Subito si sparse la voce che Margherita era fidanzata con Antonio Arau. Zia Baingia, la balia, parea ballare sulla punta di un ago per l'allegrezza, e tutti in casa erano contentissimi della vittoria.

Ma, ritornata nella realtà Margherita moriva di spasimo e di rimorso.

Che aveva, che aveva ella fatto?

Silio Boly era ritornato dentro di lei, più imperioso e acuto di prima.

Ogni sera ella piangeva, guardando le montagne, e sentiva tutta la tristezza e la desolazione invernale stringerla, raffreddarla, ucciderla.

Mentre Boly le regnava sovrano in tutto l'essere, in tutto il pensiero, di Antonio non ricordava che l'impressione della giacca di panno, fredda ed aspra.

Ma la parola era data, ed Antonio doveva venire a capo d'anno per farle una visita, la prima visita.

Dopo il ritorno non aveva più veduto Boly, e non gli aveva scritto, benché avesse ricevuto una sua lettera disperata, perché anch'egli sapeva oramai la novità.

E, fra le altre cose, ora Margherita temeva qualche immane disgrazia; credeva che Boly si ammazzasse, o che commettesse qualche grande follia.

Ma non diceva nulla; operava sempre come in sogno, senza forza, senza energia. Il suo pensiero lavorava spaventosamente, e anzi talvolta ella credeva d'impazzire; ma non parlava mai, non operava mai. Si desiderava morta, o vecchia vecchia, giacché la fanciullezza le recava tanti dispiaceri.

Così arrivò capo d'anno, e di mattina giunse Antonio Arau. Questa volta veniva in carrozza, e non portava regali, per cui i ragazzini non l'accolsero con molto entusiasmo.

Baciò Margherita in fronte, e le disse:

- Come sei bianca! Sei malata, forse?

- No, - diss'ella, - ho freddo.

Per tutto il giorno, Antonio le fece la corte, a modo suo, e solo verso sera uscì. Ella aveva preso un contegno stupidino anzichenò, e provava un gran dispetto per Antonio, e avrebbe voluto dimostrarglielo, ma non poteva. Alle volte si fermava, con gli occhi spalancati, domandandosi:

- Ma sono o non sono fidanzata? - Perché sapeva bene che la gente avrebbe considerato la venuta di Antonio come visita ufficiale di fidanzato, e sentiva che ormai ell'era legata a lui.

Ma chi l'aveva legata? Ella stessa? Quando, dove, come?

Con un solo motto delle sue labbra ella aveva rotto tutto il suo sogno, il suo amore e il suo avvenire?

Come questo era possibile? Perché?

Cos'era dunque la vita?

E andava su e giù per il viale, sotto gli elci, nel freddo crepuscolo dell'ultimo giorno dell'anno.

Quando suonò l'Ave, ella si fermò e pregò, come l'abbiamo sentita nelle prime righe di questa storia. Con la testa appoggiata ad un tronco d'elce - quello stesso che Antonio aveva baciato - gemeva angosciosamente, vinta alfine da uno strazio deciso e ineffabilmente doloroso.

La luce della luna si faceva sempre più chiara e limpida, e dalle montagne salivano grandi nuvole di una bianchezza risplendente.

E la tristezza della notte aumentava. Si udivano allegri rumori in lontananza, e dai fumaiuoli saliva il lieto fumo delle cene festose. Gli uomini dimenticavano il tempo, e solo la natura immortale pareva rattristarsi per l'agonia dell'anno.

A un tratto, dopo l'Ave Maria, sullo sfondo delle nuvole bianche risplendenti come un gran tesoro d'argento, brillò un fuoco sulla cima della montagna.

Sulle prime Margherita credé fosse una stella rossa che spuntava; ma poi vide bene ch'era un fuoco, e ne fu tutta scossa. Un pensiero strano le venne subito in mente: dapprima ella stessa si stupì di questo pensiero, ma, a misura che il fuoco si faceva più vivo, il pensiero si trasformò in dubbio, poi in convinzione profonda.

E i suoi occhi, lucenti per le lagrime versate, non si staccarono più di là. Era così, doveva esser così. Era Silio Boly, ch'era salito sulla montagna, in quella sera fredda, in quella sera di festa, spronato da un'angoscia mortale e fatalissima.

Era salito poiché non poteva parlare, poiché non poteva vederla, e le parlava e le gridava ora di lassù, con quel fuoco, acceso da lui.

Ella lo sentiva. Le cose che gridava il povero Silio, col raggio di quel fuoco, pallido su l'argento delle nuvole, non potevano ripetersi, tanto erano strazianti e dolorose.

Ella sola, ella sola le sentiva e le comprendeva, e il suo volto diventava cinereo per il dolore. Tese le braccia:

- Oh, Silio, Silio, prendimi lassù; abbi pietà di me e di te! Silio Boly!

Ma poi il fuoco si spense. Margherita fuggì via, verso casa, decisa di scuotersi dal sogno fatale che la rovinava; decisa di spezzare la catena che l'attaccava ad Antonio Arau.

Non voleva più morire, e non voleva tanto meno che morisse Silio suo, Silio, nobile, Silio adorato.

Dopo cena - alla quale avevano assistito due intimi amici di famiglia - Petrina, la serva, entrò con la bocca aperta per il riso, portando un gran piatto rosso pieno d'acqua.

- Brava, Petrina del mio cuore! - esclamò uno degli invitati.

La serva depose il piatto nel centro della tavola, ancora piena di frutta, di piatti e di tovagliuoli, e gettò un pugno d'orzo, sempre ridendo.

Margherita, ch'era stata sempre di cattivo umore, fece una smorfietta, di cui Antonio, sedutole accanto, si accorse benissimo.

- Ti dispiace? - mormorò chinandosi.

- No, e perché? - diss'ella indifferente.

Petrina levava i cestini delle frutta e i piatti, e, passando dietro la padroncina, mormorò:

- Stanotte vedremo...

Ma la fanciulla la fulminò d'uno sguardo severo, per questa famigliarità che si permetteva, e Petrina si sentì gelare.

Intanto i bambini si erano protesi sulla mensa, e, rialzando la resta ai granelli dell'orzo, li mettevano a pescare entro il piatto dell'acqua.

È un'usanza sarda dell'ultima notte dell'anno. Si mettono entro l'acqua due granelli d'orzo e si smuove un po' il liquido elemento per farli camminare. I chicchi d'orzo rappresentano due innamorati, a cui talvolta si aggiunge un terzo, uomo o donna, che rende più interessante le avventure della strana navigazione.

- Chi mettiamo? - gridò il fratellino di Margherita.

- La padroncina! - esclamò Petrina, rimasta, con tutta la libertà permessa dalla festa di capo d'anno, presso la mensa.

- Stia con le mani secche! - disse poi vivamente al convitato, vicino a cui s'era appoggiata, e che cercava di accarezzarla.

Fece un salto, e andò ad appoggiarsi sulla seggiola della padroncina.

- Ecco, questa è Margherita! - gridò il bambino, mettendo un chicco di orzo. Ma lo mise così malamente che calò subito a fondo.

- Povera Margherita, ti sei naufragata! - esclamò Antonio, e tutti risero, tranne lei, che si morsicava le labbra.

Il padre vedeva benissimo il broncio di Margherita, e ne restava mortificato, tanto che si alzò con uno degli invitati, e si mise a fumare, passeggiando traverso la stanza.

- Lascia fare a me! - esclamò Petrina, respingendo la mano del ragazzino. - Dunque questa è la padroncina e questo è il signor Antonio! Guardi, signora Margherita, guardi come è grosso e allegro il signor Antonio!

- Che sciocca! - disse Margherita, portandosi una mano alle labbra, che finalmente sorridevano.

Antonio ne restò tutto beato, e rise.

Il granello che lo rappresentava era infatti grosso, e, appena messo nell'acqua, cominciò a dimenarsi, volteggiando allegramente. Invece, Margherita, sottile, con la coda ritta, restava rigida e si allontanava.

- Non mi vuole! - disse Antonio, mentre tutti seguivano, sorridendo, l'andamento dei naviganti. - Si vede bene che non mi vuoi, Margherita!

Ella si allontanava, si allontanava sempre; e lui, fattosi serio, la rincorreva appassionatamente.

- Guardino! - gridò Petrina. - Ora la padroncina si è voltata un poco, ha guardato... oh, come fugge, come fugge!

- Ha paura! - esclamò Antonio.

- Che sciocchezze! - diceva ogni tanto Margherita, rossa in viso e mortificata, seguendo tuttavia i granelli, con gli occhi scintillanti.

- Oh, oh, Antonio si è fermato. È strano! - disse uno dei bambini.

Anche lei si fermò. L'acqua fu nuovamente scossa da un soffio potente di Petrina, e i due granelli parvero invasi dalle vertigini. Disse Margherita:

- Così non va bene. È un forzare il destino. Si devono incontrare senza la spinta di nessuno; altrimenti è inutile.

- Vero! - confermò Antonio.

I due granelli facevano delle pazze giravolte: si allontanavano, si avvicinavano, tornavano a dividersi; ma infine ripresero il corso normale. E lei tornò a fuggire; un momento si arrestò, attese, e parve aver un colloquio con lui, a rispettosa distanza; poi scappò di nuovo. Antonio ricordò il colloquio avuto in casa sua, e si domandò se non c'era qualcosa di vero in quella rappresentazione.

Ma Petrina era seccata dell'andamento senza scopo dei due, ed ebbe un'idea.

Prese un terzo granello, e lo mise nell'acqua dicendo:

- Stiamo a veder ora! Questo è l'avvocato Boly!

Margherita le tirò fortemente il grembiale, sotto la tovaglia, mentre le orecchie le diventavano rosse come il melagrano; ma Petrina non vi badò.

Aveva voglia di ridere, e sapeva che tutto è permesso in questo giuoco di capo d'anno. Infatti nessuno si offese; solo Antonio ebbe come una specie di dispettoso sgomento, e Margherita, vedendo così rappresentato interamente il suo dramma, si sentì morire.

- Oh, che spaccone! - disse il convitato, interessandosi sommamente al giuoco.

Infatti Boly restò un momento fermo, quasi per darsi un'idea esatta della sua posizione; poi cominciò a camminare boriosamente.

- Pare indifferente! - disse Petrina. - Guardi, guardi, signora Margherita: guardi come si guardano in cagnesco col signor Antonio. Oh, Dio mio, Dio santo, si azzuffano.

- Ma che! È passato dritto, è passato avanti Boly; oh, sciocco di un Antonio, perché ti lasci battere? Corri, corri! - gridò il convitato.

Antonio diede un grosso sospiro, sorridendo, e disse:

- È inutile! Sono proprio sfortunato! Non mi resta che affogarmi.

- Ecco, ecco! - gridò Petrina. - Si vogliono... la padroncina si è voltata... aspetta! Oh, diavolo, è l'avvocato che vuole?

- Petrina, fammi il piacere! - esclamò Margherita, che non ne poteva più. Ma l'altra continuò:

- Eccoli, eccoli! Si avvicinano sempre più! Il signor Antonio si è fermato, disperato del tutto!

Margherita e Boly, entro l'acqua, si avvicinavano infatti, appassionatamente, vertiginosamente. Antonio, fermo, umiliato, guardava, addossandosi all'orlo del piatto, e il vero Antonio non sorrideva più.

Via, era una sciocchezza, eppure qualcosa di amaro e disgustoso lo invadeva, lo umiliava tutto.

E la catastrofe pareva, era anzi imminente, allorché accadde una strana cosa. Petrina soffiò nuovamente: una tempesta si scatenò nell'acqua rossa, che scintillava riflettendo i lumi, e tra i gridi e le proteste dei bambini e di Margherita, Boly calò a fondo, e Antonio corse pazzamente e baciò Margherita, stringendosi appassionatamente a lei.

Un vivo applauso, misto a gridi, a risate, a vivaci auguri, echeggiò per la stanza; e, mentre Margherita si metteva graziosamente il volto tra le mani, per nascondere il suo rossore, Antonio si proponeva di dar a Petrina, l'indomani, dieci lire di mancia!

La serva, furba, aveva forse fatto appunto per ciò tutta la commedia; ma Antonio non lo seppe mai.

- Ora mi metto io! - gridò intanto. E voltasi sfacciatamente al convitato gli chiese:

- Mi vuole con sé? Mi vuole?

- Ma sicuro! - esclamò egli. - Anche senza tentarne la prova con l'orzo.

Siccome veniva altra gente, Petrina accese i lumi nella stanza attigua, e fece il fuoco entro il caminetto.

Era una specie di salottino da lavoro, che restava chiuso tutto l'inverno.

La finestra, grandissima, senza tendine, dava sugli orti, incorniciata da una pianta di rose d'ogni mese, e nel vano c'era un tavolino con sopra dei vecchi giornali e l'occorrente per scrivere. Ed era su questo tavolino, davanti alla visione del paese solitario, chiuso dalle grigie montagne, nella cornice fresca delle rose che talvolta venivano a baciare i vetri chiusi, che Margherita scriveva a Boly, nelle ore della notte, o in quelle della siesta.

Benché Petrina avesse acceso i lumi ed il fuoco, nessuno entrò nel salottino, siccome i padroni restavano di là, nella stanza da pranzo.

Petrina se ne accorse, e disse alla padrona:

- Ho fatto il fuoco, dentro.

- Sta bene! - e voleva passare di là; ma la pregarono di non far complimenti, e non si mosse.

Tutti chiacchieravano nella stanza da pranzo, e venivan serviti dolci, vini e frutta. I ragazzi continuavano a far dei giuochi, con l'orzo, col piombo fuso e in tanti altri modi; e, siccome levavano un chiasso indemoniato, la padrona disse:

- Ih! Non si sente la madre col figlio! Fatemi il piacere di andarvene dentro!

I piccolini presero i loro bagagli, e se ne andarono nel salottino. Margherita pensò che per loro non c'era bisogno di molti lumi, e dopo un momentino entrò e spense le steariche, lasciandone accesa solo una. Così fermossi davanti alla finestra, e le sue sottili sopracciglia ebbero un fremito.

I vetri eran tutti irradiati dalla luna, e nella trasparenza argentea il fogliame giallo delle rose pareva di metallo, e al di là, nella nitida notte, il paesaggio e le montagne grigie sembravano un sogno.

Margherita fu invasa ed afferrata nuovamente dalla sua angoscia, per ogni fibra, per ogni muscolo, dai piedi ai capelli. E rimase lì, muta e irrigidita, mentre i fratellini giuocavano e ridevano sgangheratamente. Sui vetri pieni della luce lunare, su tutto il freddo bagliore dell'ultima notte, rivide il sogno suo di quell'anno tormentoso e delizioso, e sentì nel vano della finestra tutta la sua anima che si consumava per il dolore. No, non era possibile. Il suo sogno non doveva morire.

Si sedé vicino al caminetto, e con la testa rivoltata sulla spalliera chiuse gli occhi e aprì le labbra, quasi a bere tutto di un fiato quel calice invisibile di suprema amarezza.

Ricordava la sera passata in casa di Antonio, così, vicino al fuoco, quando nella penombra aveva dimenticato Silio, il povero Silio suo.

Non sentiva il giuoco dei fratellini, né le voci allegre della stanza vicina; ma un canto lontano, tranquillo, di una indefinita tristezza, le giungeva sin dentro al cuore, traverso il freddo silenzio degli orti illuminati dalla luna.

Era il fuoco della montagna che parlava ancora? Erano gli elci che parlavano? Che dolcezza, che melanconia, che strazio era questo?

Nel ritmo, dolce e struggente come il desiderio di baciare una persona lontana, Margherita sentiva tremare tutto il dolore di Silio per averla perduta, e sentiva il freddo maestoso, il freddo cristallino e incantato dei boschi di elci, sulle montagne, in quella notte misteriosa e grande.

Egli forse era lassù, a piangerla, e non sapeva quanto ella soffriva! Traversando le lunghe ciglia chiuse, due perle le rigarono il volto.

- Margherita! - disse Antonio, dolcemente, posandole una mano sulla fronte. - Perché sei fuggita? Cos'hai?

Era venuto a cercarla, ed ella, tuffata nel suo dolore, non l'aveva neppur sentito avvicinarsi.

Si scosse tutta, e respinse vivamente la buona mano di Antonio. E fu per dire delle amare parole, ma sentì acuta la voce dei fratellini.

- Aspetta! - disse ad Antonio. Si levò, e, andando presso i ragazzi, pronunziò, chinandosi, qualcosa, sotto voce.

Essi se ne andarono a malincuore.

- Perché li hai mandati via? - domandò Antonio, sorridendo. - Hai da dirmi qualche cosa?

Sì, precisamente, aveva da dirgli qualche cosa; ma non seppe trovare le parole. Mise un dito entro il piatto, e fece uno di quei famosi buchi nell'acqua, diventando nuovamente rossa per la commozione.

- Cos'hai da dirmi, Margherita? - ripeté lui, avvicinandosi e guardandola con gli occhi spalancati, splendenti, quasi radiosi.

Cosa aveva da dirgli? Tante, tante cose! Che l'annoiava prima di tutto, che la faceva soffrire, che se ne andasse e la lasciasse in pace, che avesse un po' di pietà di lei, di lui, di lui specialmente, di Silio suo adorato, il quale moriva, moriva e moriva...

Ma non poté dire tutte queste belle cose. Le si aggrovigliavano in gola, formandovi un nodo tremendo.

- Margherita, perché tutto questo broncio, perché tutto questo malumore? Perché ci sono io? Ma ricordati che sei stata tu a darmi il permesso. È la prima volta che vengo... Se vuoi...

- Ma - interruppe lei, con la voce che le strideva per il pianto mal represso, - tutti, tutti, appena ti hanno veduto arrivare, dissero...

- E che cosa dissero?...

- Che eri il mio fidanzato!

- Ti dispiace? - domandò egli con leggera ironia. - Eppure la mia visita ha servito a qualche cosa...

- A che cosa?

- A farmi conoscere la grandezza d'animo di certe persone...

- Di chi? - domandò Margherita, tuffando tutte le dita nell'acqua, e alzando fieramente la testa.

I suoi occhi s'incontrarono con quelli di Antonio, e le parve di accorgersi, dal fiero e addolorato sguardo di lui, che s'ella era stanca della persecuzione, egli benché avesse chiesto di adorarla soltanto, era più stanco ancora di essere accolto in tal modo.

- Senti, Margherita, - disse, - prima di rientrare, ho veduto l'avvocato Silio Boly.

Margherita tremò nel sentire intero quel nome sulla bocca di Antonio, poi s'irrigidì. Ah, dunque, Silio non era sulle montagne? Il fuoco?...

Intanto Antonio guardò su e giù per la finestra, di fuori, di dentro i vetri, sul tavolino, sui giornali, e i suoi occhi si fissarono ostinatamente sulla mano di Margherita, che si tuffava sempre più nell'acqua, poggiando la palma sul fondo rosso del piatto, tutta bianca e lucente.

Lui invece si ficcò la mano destra nella tasca della giacca, e disse, pacatamente:

- È qui che usi scrivergli, qui?

- Oh, Dio mio, Dio mio! - esclamò Margherita, indovinando in un lampo tutta la terribile verità.

Antonio cavò di saccoccia un fascio di lettere, e le mise sul tavolino. Disse, con profonda amarezza:

- Ma io non le leggerò. Distruggile, Margherita, e non pensare più a costui, che è proprio indegno di te. Non credere che io abbia commesso una viltà, accettandole. Io non avevo che l'intenzione di restituirle a te, ma aspettavo almeno a domani. Ci saranno poi tutte?

Si mise a contarle, e la mano gli tremava visibilmente, ma procurava di sorridere, e diceva, contando:

- Tre, sei...; guarda come mi tremano le mani; sembro un fanciullo; eppure, come è vero Dio, mi tremavan di più mentr'egli me le dava...; dodici, tredici, quindici...; avrei voluto dargli mezza dozzina di schiaffi, ma ho evitato lo scandalo per te...; diciotto, venti...; perdonami, Margherita, se io parlo così di lui; ma è tanto vigliacco, ed io l'odio... oh, se tu sapessi come l'odio! Sono ventitré... è così... son ventitré?...

E siccome Margherita taceva, Antonio, curvo un pochino sul tavolo, alzò gli occhi, e la guardò a lungo, silenziosamente.

Ella, pallida come la morte, piangeva, e le lagrime cadevano sino all'acqua, sino al piccolo mare, ove Boly s'era affogato per sempre.

Ma, indovinando la causa di quelle lacrime, Antonio non ne provò alcuna pietà, anzi sentì un fiero dispetto, e, ricordando come e quanto aveva anch'egli sofferto, ebbe il triste pensiero di andarsene, lasciando Margherita sola, con la sua tremenda delusione. E glielo disse:

- Ora, Margherita, se tu hai da comandarmi qualche cosa, io partirò domani all'alba... Scusa tutti i fastidi che ti ho dato, scusa, Margherita, scusa...

Egli non sapeva dir altro, e guardava sempre, con l'ostinazione di uno stolto, la mano della fanciulla, che diventava leggermente livida entro l'acqua ghiacciata, nella quale galleggiavano ancora cinque o sei granelli d'orzo.

Alla fine, siccome Margherita non si decideva a parlare, Antonio stese il braccio, e pigliandole il polso, le estrasse la mano dall'acqua, dicendo:

- Non senti il freddo? Che gusto da bambina che sei! Non è vero che sei una bambina?

E la sua voce diventò tutta una carezza, mentre col fazzoletto bianchissimo asciugava dolcemente la piccola mano bagnata.

- Come è fredda questa piccola mano - disse, sorridendo e vezzeggiando. - Vuoi che la riscaldiamo, vuoi? Vieni con me.

La prese per mano; con l'altra mano afferrò le lettere, e, avvicinatosi al caminetto, le gettò nel fuoco.

Margherita ricordò i fuochi della montagna, nella famosa sera d'agosto, e singhiozzò, mentre Antonio diceva:

- Che almeno tutte le tue pene siano finite... Ma dunque vuoi ch'io parta? - aggiunse dopo un momento, portandosi la mano ancor fredda di lei alla spalla, con intenso desiderio d'essere abbracciato, e mormorò poi, piano, supplichevole:

- Margherita mia!...

- Resta! - diss'ella con le labbra tremanti.

UN GIORNO

Jame, col cappello di paglia sotto il braccio, le gambe accavalcate e un omero appoggiato fortemente sul muro intonacato di fresco, ascoltava la santa messa annoiandosi in modo orribile ed evidente.

Era un giovinetto di sedici in diciassette anni, sottile, alto e bianco come una fanciulla; le sue sopracciglie nere e fini parevano tracciate col pennello, e quando le sue labbra, bellissime, di un color rosa pallido rasato, si aprivano per ridere, era tutto un incanto su quel viso raffaellesco.

I denti bianchi, iridati, splendevano; splendevano gli occhi castanei, limpidissimi, che nel moto del riso si socchiudevano graziosamente, e sul pallore quasi diafano delle guance si formavano due fossette, le quali sul viso di una fanciulla sarebbero state d'un fascino irresistibile.

Quella mattina però non aveva punta voglia di ridere: si annoiava a morte.

Era salito lassù, a cavallo, sperando di divertirsi nella festa campestre, e trovava invece insipida e noiosa ogni particolarità.

Non c'erano che contadini e contadine; un sole violento fiammeggiava per l'alta pianura mietuta di recente, e Jame non trovava una persona di sua simpatia. Gli uomini lo disgustavano: le donne, che del resto lo tenevano come un bimbo, l'annoiavano, ed egli si pentiva d'esser venuto, e sentiva le lagrime alla gola, per il dispetto e l'uggia.

Nella chiesetta il caldo era asfissiante addirittura; e non una panca, un contromuro per sedersi.

Il giovine vice-parroco, aiutato da due chierichetti di un paese vicino, cantavano la messa con certe voci stridule da cicala, che invece di spandersi per la chiesa sfuggivano nei fori praticati vicino all'altare, perdendosi con tristezza per le siepi e le stoppie del pianoro.

Gli uomini in corsetto rosso slacciato, ritti, impalati, col berretto fra le mani, dicevano il rosario, tutti davanti all'altare; mentre le donne, inginocchiate per terra in fondo alla chiesa non godevano un'acca della messa, e stavano zitte, guardandosi l'un l'altra con invidia i grandi fazzoletti ricamati.

Nel centro stava Jame; aveva in faccia la vecchia porta spalancata, dallo sfondo luminoso, inghirlandato di rovi, e vedeva in lontananza grandi macchie di oleandro fiorito che guardava con intenso desio.

- Andrò a pescare - pensava per confortarsi un poco. E nel più profondo segreto del cuore augurava un accidente a don Antonio, che non finiva più di cantare la messa. Avrebbe voluto scappar subito, ma c'era lì davanti Predu Pischeddu, il suo balio, che si girava ogni tanto. Se Jame fosse scappato a metà messa, il balio non avrebbe mancato di recarne il rapporto scandaloso a donna Francisca, la madre severa del giovinetto.

Già due volte Predu Pischeddu aveva proiettato delle occhiate bieche al figlio di latte di sua moglie, per la posizione poco garbata che teneva; ma fin lì Jame non s'era dato per inteso, e così si seccava orrendamente ma non si muoveva.

Ma ad un tratto si scosse tutto intero, prese involontariamente il contegno rigido e rispettoso dei paesani, e un leggero rossore, segno in lui di piacere e di sorpresa, gli colorì le guancie e la fronte.

Avveniva una cosa semplicissima, che però lassù, nella povera bizzarra chiesetta, assumeva le proporzioni di un grande avvenimento. Entravano dei forestieri, due giovinotti e una signorina vestita di bianco, che fino alla soglia della chiesa era salita ridendo, zoppicando un poco, sotto l'ombrellino rosso trasparente.

- Chi sono? - pensò subito Jame.

La signorina introdusse la mano nella vecchia pila di pietra, ma non trovò evidentemente che polvere; tuttavia si segnò lo stesso, con rapidità, e gettò uno sguardo sicuro fra le donne, cercandone una di sua conoscenza.

I suoi compagni, fermi sulla porta, le dissero qualche parola, ed intanto tutti i devoti si voltavano a guardare curiosamente. E Jame pensò subito che quei tre fossero della famiglia Serrara, ricca famiglia della città vicina, di cui i Pischeddu tenevano a mezzadria un podere, posto a metà strada fra la città e il villaggio, perché la moglie di Predu Pischeddu, la sua balia, si era levata premurosamente andando incontro alla giovinetta, che le strinse la mano e le parlò con vivacità.

Con gli occhi socchiusi, per sembrare indifferente, Jame guardava, e avrebbe voluto anche ascoltare, ma il rumore sempre più entusiastico delle voci cantanti la messa e il rosario, non gli permettevano di udir nulla.

Zia Angela, la balia, tornò ad accoccolarsi nel suo angolo, e la signorina passò vicino a Jame, senza guardarlo; poi si ficcò con disinvoltura fra gli uomini, cercando un cantuccio buono per inginocchiarsi.

Zoppicava sempre: leggermente, - doveva esser per l'effetto della cavalcata, - e lasciava dietro di sé un vago profumo che avvolse Jame in un'onda di delizie e d'incanti.

Da quel momento egli non si annoiò più, e non guardò più lo sfondo della porta. Il profumo della bianca e sottile apparizione inattesa gli recava un soffio di vita e di supremo piacere.

Era la grande città lontana, ove frequentava i primi anni del liceo, che tornava a lui per mezzo della giovinetta della piccola città vicina?

Jame non sapeva dirselo, ma sentiva in un lampo svanire la struggente nostalgia che da due mesi lo tormentava in quel paesetto selvaggio, ove pure era nato e vissuto fino a pochi anni prima. Si accorse che i due giovinotti, fermi sempre sulla porta, lo guardavano, a lor volta, con curiosità, e arrossì, ma prese un'aria più che mai indifferente, e guardò innanzi a sé.

Lei s'era spinta fino all'altare, e s'era appoggiata al muro con stanchezza: Jame ne vedeva la sottile figura bianca, tra il rosso infinito dei corsetti paesani, e, Dio ci scampi e liberi, gli sembrava più bella della vecchia Santa Cecilia, pur così delicata nella sua antichità, che pareva stesse per spiccar il volo dall'altarino barocco. E guardando Santa Cecilia, Jame ebbe un moto di rabbia contro i compaesani suoi. L'avevano abbigliata così stranamente, gettandole dei fazzoletti ricamati sulle spalle, sulla tunica bianca, dappertutto, in un modo goffamente orientale, che senza dubbio i forestieri avrebbero riso.

- Come si chiama? - pensava intanto. - Quanti anni ha? Sedici... venti? È maritata? Saranno proprio i Serrara? Dio mio, se potessi avvicinarmi!...

E cambiò posto, e manovrò tanto che alla fine della messa le si trovò vicino. Là, in fondo, c'era quasi oscuro; trionfava la luce gialla dei ceri, e Jame poté vedere che lei era realmente bionda, proprio bionda.

Se ne stava inginocchiata, con le mani appoggiate al manico dell'ombrellino, ma non pregava; guardava qua e là, voltandosi, alzando la faccia in su, e la paglia del suo semplice cappello ondulato, guarnito di un solo merletto bianco, scintillava ad ogni sua mossa, sotto la luce delle candele di cera. Sì, era bionda e bianca, con grandi occhi verdi, glauchi veramente, forse anche azzurri, ma resi verdi dal riflesso azzurro delle ciglia e sopracciglia nere. Era così sottile, poi, così sottile! E pareva tanto innocente.

Jame si tormentava continuamente, chiedendosi il nome e l'età della fanciulla, e avrebbe voluto uscir subito per informarsene, ma intanto desiderava che quella messa, prima tanto noiosa per lui, non terminasse più.

Pur troppo terminò, e Jame dovette uscir fuori, mentre un gruppo di donne circondava la signorina toccandole la mano. Ed ella trovava una parola gentile per tutti.

- Balio, - disse Jame a zio Predu, nella spianata, - chi sono quei signori?

- I miei padroni.

- Oh! E perché son venuti?

- E tu perché sei venuto! - domandò zio Predu, squadrandolo da capo a piedi.

- Bella, perché mi è sembrato così!

- E anche a loro è sembrato così! Ehi, ehi, Marcu Fiscale, che il diavolo ti cavalchi, perché sei arrivato ora? - gridò Predu, agitando le braccia verso un uomo che arrivava giusto allora, a messa finita. Quindi si allontanò di corsa, e Jame restò senza altre spiegazioni sui Serrara.

Siccome il banchetto comune (era il priore della festa che lo dava a spese sue) si doveva fare sulla riva del fiume, tutti risalirono a cavallo, con le donne in groppa, e ben presto la chiesetta scomparve. Jame si era avanzato, passando boriosamente sulla sua superba cavalla grigia, davanti ai due Serrara, che preparavano le loro cavalcature e quella della signorina.

Vide ch'erano armati di fucili e di rivoltelle, e un po' più lontano udì che dicevano fra loro:

- È il figlio di donna Francisca Chercu, sai; donna Francisca, non ricordi?...

- Ah, sì, un bel ragazzo...

Egli ne arrossì dal piacere. Erano i fratelli di lei quei due, o chi erano? Forse lo sposo uno di essi? Dio mio buono, Jame provò una puntura al cuore, si voltò come guardando in lontananza, ma in realtà per esaminare i due giovanotti. Si rassomigliavano un po' fra loro, ma a lei non rassomigliava punto. Sì, dovevano esserle fratelli. E riprese a caracollare, tirandosi il cappello sugli occhi.

La luce del sole era intensa, abbagliante, riflessa dalle ondulazioni leggere del suolo che le stoppie rase, vellutate, rendevano assolutamente color d'oro. Parevano grandi tappeti, splendidi, gialli, e il cielo, guardato dopo aver tenuto un po' gli occhi fissi sul loro vivo colore, sembrava pallido e trasparente.

Ma il caldo diminuiva all'appressarsi del fiume. Salivano su, su, grandi macchie di oleandri altissimi, dai freschissimi fiori rosa, e di sambuchi palustri pur essi fioriti di grandi grappoli color violetto, e poi si diramavano nell'orizzonte, al di là delle rive bianche e petrose del fiume verde, e sfumavano nell'aria grigio perla, imbalsamando tutto il paesaggio di profumi leggermente amari.

Laggiù l'estate non esisteva più. Era una forte e calda primavera, era una malìa di cui solo Jame sentiva l'arcana potenza.

Il suo cuore si faceva grande, immenso, e raccoglieva tutti gli splendori dell'orizzonte, dei monti calcarei che sembravano di marmo, delle pianure lontane che si perdevano alle falde delle montagne con la linea verdissima dei lentischi lussureggianti. E attraversò il fiume. Nel mezzo delle acque verdi gorgoglianti, mentre la cavalla beveva, Jame guardò la gente che sopravveniva.

Sentì il riso alto di lei, poi la vide sbucare da una macchia di oleandro, con l'ombrello aperto come un grande papavero infuocato.

Galoppava, cercando di mettersi in prima fila per non ricever la polvere sollevata da gli altri cavalli, e rideva perché c'era un giovinotto, con la fidanzata in groppa, che non si lasciava sorpassare.

Così arrivarono insieme al fiume, e lei entrò arditamente nell'acqua.

- Francesca, Francesca, bada! Chiudi l'ombrello... Oh, se cadi! - gridò quasi spaventato uno dei suoi due compagni.

- Non fa nulla! - rispose lei.

E s'inoltrò, sempre con l'ombrellino aperto. Lo spruzzare e il volteggiare dell'acqua però sembrò darle un po' di vertigine, perché cessò di ridere, e s'aggrappò paurosamente alla sella.

A Jame, sempre fermo in mezzo al fiume, parve vederla cadere, e si sentì serrare la gola. Eppure perché ebbe il perfido desiderio di vederla cadere davvero?

La sua cavalla, dal freno luccicante che gocciolava d'acqua, non beveva più, ma Jame restava ancora lì.

Ah, si chiamava Francesca dunque? Come la mamma sua! Francesca, Francesca! Mai questo nome volgare, già diventatogli immensamente simpatico dopo la lettura della Piccola Fadette di Giorgio Sand (Jame diceva che dopo Anna Karenine, la Piccola Fadette era il più bel romanzo ch'egli aveva letto, in vita sua), questo nome dunque non gli era sembrato mai più dolce di così, e non lo dimenticò mai più.

Lo ripeterono i picchi che gorgheggiavano tra i sambuchi, e l'acqua lo portò via con sé, nella sua verde freschezza, dove? Lontano, laggiù nel mare, che vaporeggiava dietro l'estremo orizzonte! Anche il cavallo di Francesca si mise a bere, poi alzò fieramente la testa, si scosse tutto e nitrì.

Ella mise un leggero grido, diventò bianca e lasciò cadere l'ombrello nell'acqua.

- Lo vedi, lo vedi, Francesca? - gridò il suo compagno, spronando il cavallo.

Ma prima ch'egli arrivasse, Jame mantenne forte la briglia del cavallo di Francesca, e disse, col viso rossissimo:

- Non tema, non tema!

Poi si chinò, tanto, tanto, che quasi precipitò lui.

- Badi... badi... che cade! - esclamò Francesca. Ma quando egli le porse l'ombrello, sorrise e mormorò confusa:

- Oh, scusi... grazie...

Così fu fatta la conoscenza.

Quando uscirono dall'acqua, il cuore di Jame batteva a martello, ed ogni cosa gli girava attorno, così non seppe neppur rispondere una parola al fratello di lei che, sopraggiunto con molti altri sgridava la fanciulla per essersi arrischiata sola, e ringraziava lui di averla salvata.

Da quel momento però Jame non si separò più da lei. La condusse a veder i luoghi, una chiesa diroccata, ch'era stata distrutta per cercarvi un tesoro, e una grotta, e le sorgenti vicine del fiume, per cui attraversarono dei luoghi pericolosi, pieni di roccie e di vegetazioni selvaggie.

I piedini di Francesca scivolavano sempre, e due volte ella cadde, facendosi un po' di male. Ma Jame l'aiutava sempre, dopo qualche timida esitazione. Arrossiva spesso, ma chiacchierava come un bimbo, dicendo sovente cose stupide e inutili. E se Francesca rideva troppo in alto, egli si morsicava le labbra, domandandosi se lei non lo prendeva per un fanciullo un po' matto.

Non avrebbe fatto meglio ad ammirarla di lontano? Tanto la sera ella sarebbe partita e non si sarebbero forse riveduti mai più.

Intanto le ore gli sfuggivano rapidamente, ed egli, pur godendosele intensamente, provava un'angoscia infinita al pensiero del domani.

Domani il mondo sarebbe vuoto per lui, e il ricordo dell'ieri avrebbe torturato inesorabilmente il suo cuore.

A mezzo giorno intanto, Francesca ignorava ancora il nome del suo bizzarro adoratore ed amico.

In quell'ora visitavano la grotta, oscura e profonda. Le fanciulle paesane, che accompagnavano la signorina nelle sue escursioni, non vollero entrare nella grotta, per paura dei pipistrelli che dicevano esser là dentro.

Così Francesca e Jame entrarono soli; l'ingresso era difficile, oscuro, ostruito da enormi caprifichi selvaggi.

Francesca dopo qualche passo si afferrò forte a Jame, e disse:

- Dio mio, anch'io ho tanta paura! C'è entrato altre volte lei?... Dica?...

- Non tema, non tema... - esclamò Jame come in mezzo del fiume. - Sì, ci sono entrato tante volte... Ma ci dev'essere una torcia qui... aspetti che l'accendo.

- Oh, non mi lasci - diss'ella, paurosa come una bimba. - Oh, se l'avessi saputo avrei fatto venire Antonio o Carmine... Oh, zia Anghela, zia Anghela, - gridò poi, - perché non venite?... Dio mio, Gesù mio, cosa m'è passato sopra la testa?...

Era un pipistrello. Avanzavano sempre. Francesca aveva preso la mano di Jame e gliela stringeva forte; se ella stessa fosse stata calma avrebbe sentito tremare quella mano, ma ella tremava di più, per la paura e il disgusto pieno di ribrezzo che le causavano i pipistrelli.

- Come si chiama lei? - domandò, calmandosi alla luce della torcia, che finalmente Jame aveva rinvenuto.

- Jame... Jame Cherchu.

- Ah, Jame Cherchu. Figlio di donna Francisca? Jame vuol dire Giacomo non è vero? Ci viene molta gente a questa grotta?

- Sì... dicono esservi dei tesori.

- Che cosa stupida prendersi tanta fatica per venir qui! Non ci sono che dei pipistrelli: che ribrezzo mi fanno! Avevo paura per questo, non per altro... -. E rise d'aver tremato, mentre girava rapidamente intorno alla grotta.

Non c'era in realtà nulla di particolare, tranne una colonna nel centro, e qualche stalattite splendente alla luce della torcia che Jame agitava in alto. Ma ciò che a Jame sembrava meraviglioso, che mai aveva veduto dentro la grotta, e che ora l'illuminava d'un magico bagliore, era lei stessa, col suo vestito bianco, un mazzo di oleandri nella cintura, e i capelli rosseggianti al chiarore tetro e corruscante della torcia.

A Jame pareva una fata, e socchiudeva gli occhi con intensi desiderii infiniti, che gli davano una dolorosa voluttà di pianto. Oh, perché non cadeva una frana all'ingresso della grotta?

Restare, restar lì, per tutta l'eternità, con lei, incantati da una potente malìa che permettesse loro di non aver mai fame, né sete, né sonno, e che non facesse mai consumare la torcia... non era questo il paradiso, che Jame, da bravo studente, dubitava e metteva in derisione quando sua madre non poteva sentirlo?

Addossato alla roccia, scuotendo sempre la torcia, fece il sogno più bello e poetico della sua vita. La voce di Francesca, che camminava sempre intorno alla grotta, esaminando curiosamente ogni cosa e parlando, gli giungeva come di lontano, da regni misteriosi fino allora per lui sconosciuti, o traveduti in altri sogni fatti da solo, troppo vaghi e pallidi per dargli l'incanto del presente.

Ma ben presto il sogno svanì.

- Andiamo - disse la fanciulla. - Andiamo! - ripeté più in alto, visto che Jame non si muoveva. - Ah, non spenga la torcia... io ho paura... ah...

Ma la torcia era spenta.

- Non tema! Non abbia paura, mi dia la mano - disse Jame. E fu lui ad afferrarla questa volta; ma non si mosse mentre ella gridava.

- Perché l'ha spenta? Che sciocchezza attraversare l'andito all'oscuro... Dio mio, che cado... Zia Anghela, zia Anghela!... Torni ad accenderla.

- No, - diss'egli ridendo di cuore, - bisogna lasciar qui la torcia per comodo dei visitatori.

- Accenda un fiammifero allora.

- Ma venga dunque! Che paura! Siamo già fuori. Quanti anni ha lei?...

- Ventidue! - diss'ella e non seppe mai che Jame aveva spento la torcia per farle questa domanda.

Egli impallidì, e pensò rapidamente:

- Ed io ne ho sedici! Quando prenderò la laurea ella sarà vicina ai trenta, e sarà maritata da molto tempo...

  Dove dunque sei stata? - le domandò premurosamente Antonio, quando ritornò nell'accampamento dei bravi paesani, che cucinavano allegramente, già disponendosi al pranzo.

- Che bellezza, lasciarmi sola! - diss'ella quasi piangendo. E narrò di tutte le cose vedute, mentre Antonio rideva, posando famigliarmente una mano sulla spalla di Jame. Anche Carmine s'intrattenne a lungo col giovinetto: e lo invitò a bere nel suo piccolo fiasco di rum, interrogandolo sopra i suoi studi e i suoi progetti.

- Si farà prete! - disse il balio, avvicinandosi colle mani sulla schiena.

- Già, sì! - esclamò egli con sincera risata.

- Si figuri! - continuò Predu Pischeddu ammiccando con gli occhi maligni. - È un donnaiuolo numero uno. Gliela lascino, gliela lascino così sola la signorina Francesca.

A questa enorme uscita Jame arrossì fino alle lacrime, e gettando un'occhiata terribile sul balio si domandò per la millesima volta s'egli l'amava o l'odiava, che lo perseguitava così.

Ma i Serrara risero forte, e Francesca continuò a restare presso il ragazzo.

Il pranzo servito sotto una immensa tettoia di oleandri fu lungo e solenne. Nel suo angolo però Francesca sentì molte donne mormorare, perché le portate non venivano servite come si costumava per tradizione.

E si divertì assai, ma dopo il pranzo, mentre le donne cominciavano a ballare il duru-duru insensibili al sole ardentissimo, fu assalita da un atroce dolor di testa e da una smania invincibile di ritorno.

Voleva che i cavalli fossero subito sellati e a stento i fratelli, i Pischeddu e molti altri la persuasero di restare almeno qualche ora, finché il sole declinasse un poco.

- No, andiamo, subito, subito... io muoio altrimenti... - disse quasi lagrimando.

Poi si gettò sopra un fascio di rami d'oleandro, sotto la tettoia, e sembrò invasa da un intenso disgusto.

- Come? - gridò Jame, ch'era stato un momento lontano. - Lei vuol partire? - E si chinò per entrare, e così chino restò a lungo, con una evidente angoscia dipinta sul viso.

- Sì, - rispos'ella senza neppur guardarlo, - mi annoio e mi sento male...

- Che cos'ha, che cosa ha? Si sente molto male?

- Sì, alla testa... il sole...

- Sì, il sole! - ripeté Jame con gli occhi spalancati. - Ma appunto per ciò non deve partire ora, con questo sole. Starà qui... torneremo insieme al villaggio... partiranno domani... verranno in casa...

- Eh, sì! Non ci vuol altro! - gridò Francesca, mentre negli occhi aperti di Jame passava un raggio di beatitudine che lo rasserenava. - Partiremo fra poco...

Egli sospirò forte. Lo fece apposta? Non si sa, ma ad ogni modo Francesca se ne accorse e lo guardò di sottecchi. Poi gli fece posto sul suo fresco sedile, e lo invitò a sedersi. Ma Jame, pur entrando sotto la tettoia, restò ritto: eppure avrebbe dato dieci anni di vita e la metà del suo patrimonio (era figlio unico) per potersi sedere là!

Al di fuori le fanciulle ballavano il ballo tondo, con pochi giovinotti, uno dei quali intonava la musica monotona e bizzarra. Più in là, gruppi di uomini giocavano a carte o alla morra, e sotto un'altra tettoia, ove c'era un liquorista, si vedevano i due Serrara che parlavano con zio Predu ed altri paesani dall'aspetto borioso di benestanti.

E sempre, là, in fondo, la linea rosea degli oleandri sfumati tra i vapori ossidati dell'aria immobile, e il fiume che ora, al sole del pomeriggio, ripetendo la ballata amorosa dei danzatori, scorreva verde-azzurro come gli occhi di lei.

- Restano qui fino a domani? - domandò Francesca. Ma Jame non rispose. Oh, cos'era dunque questo fatale incantamento? Oh, come egli adorava Francesca; come sentiva di doverla amare per sempre! Oh, come, mentre il sangue gli assaliva con ondate di fuoco tutta la testa per poi lasciarlo freddo e pallido da morirne, come desiderava inginocchiarsele vicino e dirle, nascondendole il viso su una spalla:

- No, non lasciarmi... non lasciarmi mai più... Perché io domani, te lontana, morrò... perché non posso vivere senza di te!

- Restano qui? - ripeté Francesca.

- Non lo so - rispose Jame. Poi si scosse e domandò ancora, a sua volta:

- Ma è davvero che lei parte?

- E dunque? Vuole che resti qui?

Gli sorrise dicendo così, e mentr'egli rabbrividiva, cadde anch'essa in una visione profonda.

Pensava alla dolcezza del vespero lassù; del vespero cinereo, smorto, quando il fiume sarebbe stato bianco, e gli oleandri, immobili sempre su uno sfondo più denso e meno luminoso, avrebbero sbattuti i loro fiori sulle acque tranquille e silenziose. E pensava al suo amore lontano, che era al di là dell'orizzonte vaporoso, al di là del mare, al suo amore intenso e sovrumano, al suo ideale struggente e adorato, col quale avrebbe voluto morire lassù, in uno di quei vespri misteriosi e profondi...

- Jame, - disse ad un tratto, - che sono quelle cose laggiù, in mezzo all'acqua?

- Son vacche che s'abbeverano, non vede?

- No, non le distinguo bene. Non ho la vista molto acuta... come lei...

Lo guardò negli occhi, e parve finalmente accorgersi della suprema bellezza di quel volto, perché restò estatica a guardarlo. I loro occhi s'incontrarono per un secondo, ma questo bastò perché Jame si sentisse completamente affascinato.

Francesca lo vide impallidire in un modo strano, e scorse le sue lunghe palpebre sbattersi rapidamente, nel modo con cui i bambini precedono il loro pianto.

Volle chiedergli che aveva, che cosa si sentiva, ma non poté. Si domandò invece dolorosamente:

- Perché son venuta?

Poi, come traverso un velo, vide Jame allontanarsi lesto, quasi fuggendo, e ricadde sopra il fascio degli oleandri, con aria profondamente annoiata, chiedendosi se doveva ridere o piangere.

Per tutto il resto della sera non rivide Jame, né desiderò rivederlo.

Le donne ballavano sempre, senza parlare, senza ridere, con ritmo cadenzato e melanconico; a momenti però si esaltavano, il circolo si allargava, si restringeva, con un brivido serpentino, e i piedi, calzati con bizzarre scarpine di cuoio ricamato, strisciavano, s'alzavano, battevano il suolo e fremevano. Fra tutte c'era, bellissima, una fanciulla dai capelli neri e gli occhi celesti; il sudore imperlava il suo viso e la sua fronte splendeva al sole.

- Come è stupida la vita! - pensava Francesca, guardando sempre la bella danzatrice. E tutta quella semplice gente che si divertiva nel sole le dava un gran fastidio, una intensa pietà!

Ma neppur la sua vita le sembrava bella, e un senso opprimente di vuoto, di vano, la rattristava.

Così passò una brutta sera e si pentì di esser venuta. Contava i minuti, il tempo fuggente, e pensava:

- Domani a quest'ora sarò a casa, ricamando, ricordando.

Poi si spinse nell'avvenire e si domandò se Jame doveva ricomparire nella sua vita, più tardi.

- Ma non è uno sciocco? - pensò poi, coscienziosamente. - Chissà! Forse è lui il destinato a diventar mio marito.

Rise fra sé di quest'idea, pensò a lui, all'altro, e si disse:

- Fra otto giorni Jame mi avrà dimenticato... poveretto. Perché poveretto?

Non seppe spiegarsi il perché aveva chiamato così Jame, e si sentì mortificata al pensiero che la passione subitanea del suo giovine amico potesse morir presto, subito, lo stesso giorno.

Poi continuò a guardare la fanciulla dagli occhi celesti aspettando l'ora del ritorno.

Finalmente i cavalli furono sellati e la comitiva ripartì. Era un dolcissimo tramonto, e le ombre degli oleandri, allungantisi sul fiume, parevano abbandonarsi ad un supremo riposo.

- Addio! - disse Francesca fra sé. Ora che avrebbe voluto restar lassù, per sognare nel vespro, doveva partire, e forse non sarebbe ripassata mai più in quei luoghi. E colse un oleandro per ricordo.

Jame non si vedeva, ed ella ne domandò notizie a suo fratello.

- Precede; mi ha detto che aspetterebbe nella chiesa, ove diranno il vespero.

Infatti lo ritrovarono là, vicino al suo cavallo legato ad un albero.

I Serrara volevano procedere oltre, ma zio Predu li costrinse ad avvicinarsi almeno a cavallo al liquorista che aveva trasportato sin là le sue tende, per bere un'ultima goccia di vino.

Francesca però restò a cavallo, in mezzo alle stoppie, e si congedò melanconicamente da zia Anghela e dalle altre paesane, che poi sfilarono in chiesa. Poi si trovò sola con Jame, in un magico cerchio d'oro, fra cielo e terra.

- Addio, Jame - gli disse stendendogli la mano.

- Addio - rispose egli senza osare di guardarla.

- Non verrà dunque a trovarci? Non verrà mai nella città?

- Perché? - domandò egli con amarezza. - Anche loro non son voluti venire al villaggio.

- Non potevamo, - rispos'ella con dolcezza, - verremo un'altra volta. Arrivederci dunque, Jame, e grazie...

I fratelli tornavano.

Jame alzò i suoi occhi fino a quelli di lei, ed essa, rabbrividendo per uno strano angoscioso piacere, comprese che egli avrebbe tardato a dimenticarla, che l'avrebbe amata come nessuno ancora l'aveva amata mai.

E siccome gli stava vicino, a testa nuda, mentre le persone che s'avvicinavano venivano nascoste da una piccola giravolta, gli accarezzò rapidamente i capelli e gli diede l'oleandro.

Ma poi si domandò spaventata se aveva fatto bene o male, perché Jame tornò a impallidire mortalmente.

Parve cadere, ma invece osò baciare il piccolo piede di Francesca.

E quando tutto sparve, e si trovò solo nel paesaggio risplendente d'uno splendore che però moriva con tristezza, davanti all'oro bruciato dell'occidente, tra il canto melanconico che usciva dalla chiesa, si portò le mani al volto e pianse...

DON EVÉNO

Albeggiava appena allorché Fidele Coda di sorcio si mise a strigliare e lustrare il cavallo del dottore.

Nell'ampio cortile grigio il lastrico di granito era tutto umido di rugiada, e i calci che vi sferrava il cavallo destavano quell'eco speciale che hanno i rumori nelle albe molli e serene di primavera. La gran casa del dottore taceva, e i vetri chiusi, freddi, senza riflessi, parevano lastre di latta, ma al di là dei muri si sentiva la campagna verde ridestarsi perché cento piccoli rumori giungevano col brivido puro dell'aria imbalsamata.

Fidele, con gli occhi gonfi e semichiusi, sbadigliava, tristemente. Era un giovinotto pallido, magro, dal sorriso cattivo e maligno; vestiva in costume, ma invece della lunga berretta sarda teneva in testa un gran cappellaccio cenerognolo, con un foro nel centro e le falde rosicchiate.

Con la striglia impugnata nella destra, Fidele accarezzava colla sinistra il cavallo sulla groppa nera e lucente, e gli favellava fra i denti, sempre sbadigliando. A momenti emetteva dei grugniti, rideva, fischiava e imprecava.

Era di cattivo umore, senza dubbio, e non sapendo con chi sfogarsi, in mancanza di meglio, cercava di esprimere i suoi pensieri amari al cavallo.

- Sta fermo - diceva districandogli la criniera con un pettine di ferro, e accarezzandolo sempre. - Sta fermo, che il diavolo ti pettini! Fuggirai, fuggirai tra poco, non aver paura, bello mio. Il dottore ha detto: «Che sia pulito bene alle quattro. E poi gli metterai la sella e la gualdrappa». Dove va don

Evéno? Magari vada all'inferno e non ritorni più! Fallo cadere, bello mio, e che si rompa la testa, fallo, senti bene!

Quasi per trasmettere al cavallo le sue idee pietose, Fidele lo guardò nei grandi occhi foschi, leggermente violacei, poi tornò a sbadigliare e riprese il filo dei suoi pensieri.

- Mi vorrei come questo cavallo: sta meglio di me, povero servo! Cosa hai sognato stanotte, Fidele Coda di sorcio? Uh! Ch'ero diventato ricco, ricco come il padrone. Che bellezza! Aver le scale dipinte e sette paia di scarpe! E sposare Mikela, la nipote del padrone. No, quella non la voglio. È una sciocca. Meglio la figlia di Francesco Rovedda, che è grassa come un porcellino. Mikela è più bella, ma è troppo magra.

Lustrando le unghie del cavallo, Fidele continuò a sognare, scegliendosi una sposa fra le più belle ragazze del villaggio; e tornava sempre col pensiero a Grazia, la figlia di Francesco Rovedda, ch'era rossa come lo scarlatto e robusta come una quercia secolare. Gli sembrava vero vero. Ma ad un tratto i vetri di una finestra, che cominciavano ad esser meno opachi e freddi, tintinnarono e vennero aperti.

La testa di don Evéno comparve, e Fidele si ritrovò davanti alla sua dura realtà.

- Ancora in faccende sei? Sbrigati, Coda di sorcio - disse il dottore dalla finestra.

Fidele fece una specie d'inchino, ma fra sé esclamò:

- Coda di sorcio, Coda di sorcio! E lui che cosa è? Coda di gatto?

E rise fra sé, cercando la bella gualdrappa di velluto nero ricamata.

Sulla porta di cucina vide Mallena che macinava il caffè, colle cocche del fazzoletto rigettate sulla sommità del capo.

- Dammi la sella - le disse.

Ma la serva gli voltò le spalle, e dovette andare egli stesso a prender la sella, dal chiodo ov'era appiccata, facendo mille perfidi pensieri sul conto di Mallena e del padrone.

- Ohi, se vedessi Mikela, - desiderò, stringendo la cinghia della sella intorno al ventre del cavallo, che raccoglieva l'alito per gonfiarsi, - quante gliene direi! Mallena si trangugia una casseruola di caffè ogni mattina. Ma già, Mikela è una sciocca, non sa comandare, non sa dirigere. Già, già! Chi non ha visto mai ben di Dio...

Rise di nuovo, pensando alla storia di Mikela. Il fatto stava così.

Don Evéno, il medico condotto, aveva sposato una donna ricca e superba, che certamente non l'aveva reso molto felice, pur recandogli in dote un gran patrimonio e una splendida casa.

Meno male ch'era morta giovine, senza figli, e dopo aver fatto testamento in favore del marito.

Don Evéno contava allora quarantasei anni; era un gran dottore, un dotto, un personaggio illustre, e sapeva fare i fatti suoi. Perciò, un anno dopo la morte di sua moglie, si accorse che le sue donne di servizio rubavano a man salva nella sua casa. Occorreva una nuova padrona; don Evéno non poteva occuparsi delle miserie domestiche, ma sentiva che alla fine queste miserie l'avrebbero rovinato, in persona delle serve.

Riammogliarsi? Don Evéno non ci pensò neppure. Sentiva un gran disprezzo per le donne, un infinito e odioso disprezzo.

Un giorno in cui seppe dal suo servo Fidele che una domestica indossava con disinvoltura le sue camicie e le sue calze, e che aveva venduto una quantità di vino, versando altrettanta acqua nella botte, don Evéno salì a cavallo e mancò due giorni.

Tornò portando in groppa una bella fanciulla pallida e bianca, vestita in costume, che si chiamava Mikela, ed era figlia di una povera sorella del dottore, maritata in un altro villaggio.

Subito la servitù di don Evéno seppe tutta la storia di Mikela. Era innamorata del maestro di scuola del suo paese, un giovine bello, biondo e sentimentale, che l'aveva già chiesta in isposa. Il matrimonio si sarebbe fatto senza dubbio, ma l'arrivo di don Evéno distrusse ogni cosa. Mikela non voleva assolutamente sentir di partire.

- Sciocca! - le disse sua madre. - Ha ragione il savio dicendo che chi ha il pane non ha denti. Non vedi? Ecco, lo zio ha tre serve, e il suo palazzo è tutto dipinto.

- Lo so, ma...

- Può lasciare tutto a te...

- No, non ci vado, non ci vado! - pianse la fanciulla.

- Tu andrai, in fede mia. Se resti qui tanto mando al diavolo il tuo innamorato. Mentre se vai... può darsi che...

Il maestro era in vacanze. Mikela, con la speranza di sposarlo anche approfittando dei beni dello zio, partì.

Don Evéno avea ben parlato fuor dei denti, però.

- Io non voglio seccature - disse. - Se Mikela è disposta a far coscienziosamente la padrona di casa, senza grilli per la testa, va bene; altrimenti...

- Se ha grilli se li leverà - assicurò la madre.

Così Mikela mise in un cestino le sue camicie profumate di spigo e il suo corsetto di broccato, e partì con la morte nel cuore. Anzi, credeva di andar precisamente a morire, e quando si trovò nella gran casa signorile di don Evéno, dalle volte dipinte, dalle pareti coperte di stoffa e di quadri splendenti, dai pavimenti smaltati, si domandò piangendo:

- Ma è dunque questo lo star bene?

Nei primi giorni, passando su le lunghe e morbide corsie, ascoltava intensamente, e non udendo neppure il rumore dei suoi passi le sembrava di esser morta.

Così diventò più bianca, più sottile; il suo profilo pareva diafano, e intorno agli occhi le si stese un cerchio nero, che rendeva opaca la grande iride profonda.

Poi guarì improvvisamente. Corrispondeva in segreto col suo innamorato, e sperava. Lo sapeva o non lo sapeva don Evéno? Fidele credeva di no, perché Fidele sapeva la storia sino a questo punto. Il resto lo sappiamo noi, e lo racconteremo subito.

Certamente, zio e nipote erano due grandi egoisti. Si erano uniti pensando ciascuno al proprio tornaconto, senza alcuna idea di affetto o di altruismo.

Sulle prime, anzi, un astio tutto particolare regnò tra loro. Don Evéno disprezzava le donne, e sua nipote era nel gran numero fatale, e la teoria dell'eccezione non esisteva punto per il dottore. Mikela pensava al suo sogno distrutto per chi sa quanto tempo ancora, e nelle ore di tristezza provava per lo zio tutt'altro che affetto.

Così pensò, dopo aver ricevuto una lettera:

- Io farò il mio dovere; gli guarderò la casa e darò a lui ogni cura; ma devo perciò sacrificargli tutto il mio avvenire?

E rispose alla lettera.

Benché Fidele dicesse che Mikela era una sciocca, l'esile fanciulla custodiva assai bene la casa dello zio.

Sotto l'epidermide pallida e trasparente di Mikela esistevano dei nervi d'acciaio; le sue manine delicate chiudevano a doppio giro le porte della casa, e i suoi grandi occhi oscuri vedevano ogni cosa.

Aveva vent'anni e rideva poco. Dava ordini precisi, ma in modo cortese e penetrante, e menava una vita chiusa, silenziosa e monotona.

Le vicine del dottore guardavano sempre alle finestre del palazzo, ma non vedevano mai la nuova padrona.

Dacché era venuta lei i vetri splendevano di pulizia, le cortine, lavate, stavan sempre abbassate, e le serve non vociavano più. Che faceva Mikela, durante quelle lunghe giornate? Le vicine non riescivano ad immaginarselo, e guardavano sempre invano traverso i vetri nitidi e chiusi.

Ma Evéno restava meravigliato della prudenza e dei modi di Mikela.

Nelle ore in cui restava in casa, scrivendo la sua colossale opera scientifica e folklorica sulle medicine popolari sarde e le loro derivazioni, veniva invaso da un profondo senso di pace, sino allora sconosciutogli.

L'ordine più preciso regnava intorno: dalle larghe vetriate la luce d'autunno, così calma nella sua leggera tristezza, entrava pallida e dolce, e nessun rumore turbava il signorile silenzio della casa.

Chi aveva recato tant'ordine e tanto silenzio? Non certamente la morte di donna Maria.

Evéno pensava al passato procelloso come ad un cattivo sogno, e il placido presente lo immergeva in uno stupore voluttuoso, e provava la dolcezza del riposo in tutte le membra stanche.

Certo, non aveva più sogni per l'avvenire, e da lungo tempo anzi aveva cessato di sognare. Egli conservava tutti i denti e tutti i capelli, ma su questi apparivano già delle sottili striscie grigie, e così pure l'alta fronte si piegava, e gli angoli degli occhi profondissimi si restringevano come per stanchezza dolorosa. No, egli non sognava più; ma spesso il desiderio di cose ignote gli faceva interrompere l'arido e bizzarro lavoro. E appoggiava la fronte sulla mano e pensava ch'era giustizia di Dio s'egli poteva alfine morire in pace, nella sua casa silenziosa.

Sì, certo, avrebbe lasciato buona parte delle cose sue a Mikela, alla sottile nipotina, che portava tanto silenzio e tant'ordine nella sua vita squilibrata.

Così passò l'autunno.

Dopo i primi giorni, in cui don Evéno aveva parlato molto con Mikela consegnandole e facendole conoscere tutti i labirinti della casa, non era più corsa alcuna intimità fra loro. Egli stava quasi sempre fuori, viaggiava anche, mancando per settimane intere, e le ore che passava in casa si raccoglieva nel suo studio, e scriveva, oppure riceveva, e, non chiamava Mikela che per darle degli ordini.

Essa ascoltava a testa china, sfuggendo lo sguardo dello zio, e talvolta arrossiva vivamente. Non discuteva mai, non sorrideva, e se n'andava via com'era venuta, silenziosamente.

Don Evéno rientrava sempre tardi per il pranzo e per la cena; perciò faceva da solo i suoi pasti, e d'altronde Mikela non si sarebbe mai adattata a mangiare con lui. Perciò non esisteva tra loro alcuna intimità; neppure dopo l'inverno, quando cioè la fanciulla aveva preso assoluto possesso della casa. Don Evéno la guardava sempre con una specie di stupore.

Non udendone la voce e i passi, la sentiva più che vederla, e quando gli compariva davanti la squadrava da capo a piedi, quasi curiosamente e con diffidenza. Perciò ella arrossiva. Poi don Evéno pareva ricordarsi. Ah, sì, era lei, la nipote, dai piedini calzati con lusso e dal costume poetico.

Un giorno le disse:

- Ehi, Mikela, dovresti vestirti da signora.

- Sì, domani! - esclamò essa con vivacità. E rise. Era la prima volta che don Evéno la sentiva ridere.

La guardò con più stupore del solito.

Il costume semplice ed elegante le dava più grazia plastica di qualsiasi toeletta signorile. La camicia bianchissima faceva risaltare il sottile corsetto di velluto verdissimo, e il fazzoletto di lana gialla incorniciava assai bene la sua faccia delicata, di bruna pallida.

- Togliti almeno quel fazzolettaccio - disse don Evéno.

Mikela se lo tolse, sorridendo. Don Evéno, che in apparenza pareva non accorgersi di certi particolari donneschi, notò che Mikela aveva i capelli arricciati, le orecchie piccine e la nuca bianchissima.

- Fammi il piacere di avvezzarti a star così - disse. - Stai meglio, e ti conserverai più sani i capelli.

- Ma ho freddo - rispose lei, portandosi le mani alle orecchie, già coperte da un nuvolo di ricciolini.

- Sfidalo, o non sei capace di vincerlo? Altro che il freddo si deve combattere, per star bene, cara mia...

Avrebbe voluto aggiungere, nella vita, ma non lo fece.

Questo fu, dopo sei mesi, il primo colloquio intimo fra zio e nipote.

Mikela rimase a testa nuda. Attraversando qualche volta le stanze, don Evéno la vedeva seduta sotto le grandi finestre chiuse, donde calava la tiepida luminosità dei primi giorni di marzo. Mikela lavorava, col cucito appuntato sul ginocchio, e i capelli increspati le descrivevano un'aureola trasparente, sfumata nella luce.

Don Evéno la vedeva traverso una porta aperta, oppure percorrendo la stanza sulle lunghe corsie, e pareva non badasse a lei, come lei non sollevava la testa dal lavoro.

Agli ultimi di marzo Mikela ebbe un po' di febbre. Non voleva accusarsene, ma Evéno la riconobbe subito per sofferente e la curò affettuosamente. Ella disse:

- Sarà perché mi ho tolto il fazzoletto.

E voleva rimetterselo.

- No, no, lascia stare, non è questo. Non voglio che te lo rimetta. È orribile. Fallo per me, non rimetterlo.

Era quasi supplichevole, tanto che Mikela, ferma nella sua idea di aver la febbre per la rotta abitudine, se lo rimise sì, ma appena sentiva rientrar lo zio se lo strappava rapidamente di testa e lo nascondeva.

Una sera però non poté levarselo. Don Evéno la trovò coricata sul divano della stanza da pranzo, con la febbre fortissima. Imbruniva, e dalla finestra, sempre chiusa, scendeva un cerchio di luce morente e melanconica.

- Mikela? - chiamò don Evéno. - Mikela, stai molto male?

E siccome essa non rispose, pensò con terrore, involontariamente, al vuoto che la fanciulla, morendo, avrebbe lasciato nella casa.

- Mikela, come stai? - Si chinò e le prese il polso. Benché aggravata da un peso insuperabile e da visioni strane, Mikela si accorse che don Evéno le toglieva il fazzoletto.

- Zio... Evéno... non ho potuto... - mormorò. Forse accennava al fazzoletto.

- Cosa non hai potuto? - domandò egli con dolcezza.

Ma subito Mikela vide una processione, e dei cavalli che correvano dietro, pronti a calpestare le donne delle ultime file, e si spaventò.

- Date attenzione... sciocchi... Perché? Non vedete la gente... San Mauro mio!... - gridò con angoscia.

- Sta male! - pensò don Evéno. Si sedette su uno sgabello di noce, vicino al divano, e posò la sua mano sulla fronte scottante di Mikela, guardando ai vetri leggermente rossi nell'ultimo crepuscolo. Poi suonò perché portassero il lume.

Per una settimana Mikela restò a letto, e il dottore dimenticò gli altri suoi ammalati, - che curava più per abitudine e per carità che per altro, - finché la ragazzina, come egli la chiamava, non guarì bene.

Per darle più attenzione durante la convalescenza, la volle a tavola con sé, e cominciò a prodigarle mille piccole cure, di cui ella si spaventava.

La malattia l'aveva resa espansiva e affettuosa; non voleva che zio Evéno si disturbasse nulla nulla per lei, e le sue premure l'imbarazzavano. Una sera egli, guardandola fissamente, le chiese:

- Vorresti andare a casa tua?

Essa pensò un poco, e poi disse:

- Sì, avrei desiderio di vedere mamma.

- E non altri?

- E Elena -. Era la sorellina.

- E non altri?

- E chi?... - domandò, esitando ed arrossendo. Don Evéno vide il suo turbamento, e corrugò la fronte. Disse, freddo:

- Fino a due mesi fa so che vi siete corrisposti. Che pensi ora!

- Io? Nulla... - balbettò Mikela, chinando gli occhi e la testa.

Don Evéno vide le lunghe palpebre della fanciulla sbattere rapidamente e si accorse ch'ella aveva volontà di piangere. Era angoscia, o dispetto, o turbamento, per saper scoperta la sua relazione segreta?

Ad ogni modo, don Evéno prese una grande risoluzione. Disse:

- Fra pochi giorni io devo andare al tuo villaggio, e parlerò seriamente con tua madre. Se tu sei contenta, e se anch'essa non si oppone, si farà in breve ogni cosa. Allora tu potrai ritornare laggiù, e rivedrai tutti...

Uscì, dopo aver detto con evidente amarezza queste ultime parole, lasciando Mikela sbalordita.

Quando fu sola si gettò sul divano, e affondando la faccia sul cuscino si mise a piangere, singhiozzando.

Perché zio Evéno operava così? La scacciava dunque? Che aveva ella detto o fatto per meritarsi tanta punizione?

Per tutta la sera non seppe far nulla, e a cena il suo malumore crebbe a dismisura perché don Evéno le annunziò che sarebbe partito l'indomani.

- Se hai qualche cosa da dire a tua madre...

- Nulla, tanti saluti! - rispose freddamente.

Egli la guardò fisso, e si ritirò presto, dopo aver comandato al servo Fidele di sellargli il cavallo al primo albeggiare.

Mikela, quella mattina, fu la prima a scendere, tuttavia non accudì, come sempre, a portare il caffè nella stanza da pranzo. Zio Evéno scese subito dopo di lei, e uscì nella corte.

- Fidele, - disse, - oggi tu sai dove andare.

- Sissignore.

Tuttavia, non fidandosi della memoria del servo, ripeté i suoi ordini a Mikela.

- Lo manderai subito al monte, oggi e domani; due carri di legna, lo sai.

Mikela lo sapeva benissimo, perché in quei giorni Fidele trasportava appunto dai boschi del monte la provvista della legna.

- Quando ritornerete? - domandò timidamente, appoggiata allo stipite della porta.

- Dopo domani. Di' a Mallena che faccia presto... - rispose egli con impazienza, mettendosi lo sprone.

Mikela si mosse, poi tornò al suo posto e disse:

- Verrà presto: non prendete dunque il caffè?

- Portalo dunque qui.

E seguitò a stringere lo sprone, coi denti stretti, nervoso e impaziente. Mentre Mallena usciva con la piccola bisaccia a fiorami, dove aveva collocato qualche cosa, don Evéno, servito dalla nipote, prese il caffè nella frescura del cortile.

Fidele legò la bisaccia alla sella, e bestemmiò sottovoce contro Mallena, poi attese con la staffa in mano, borbottando.

Ma don Evéno gli disse:

- Fammi il santissimo piacere di levarmiti dai piedi!

Fidele sorrise e spalancò il portone, mentre il dottore montava sveltissimo in sella. Mikela uscì correndo e guardò lo zio; aveva una pazza voglia di gridargli una cosa, ma non poté dir altro che:

- Tanti saluti e buon viaggio!...

Don Evéno non rispose, e chinandosi sulla sella per passare sotto l'arco di granito del portone, impallidì mortalmente.

- Dio l'accompagni! - disse Fidele.

- Il diavolo permetta che vi rompiate l'osso del collo - pensò, chiudendo con fracasso il portone.

- Vieni con me - gli disse Mikela.

- Dove, signorina?

- Vieni qui, con me - ripeté essa. Egli la seguì, pensando che mai ella voleva dirgli. Traversarono la cucina, e poi salirono le scale, ancora un poco oscure. Fidele era salito sopra altre due o tre volte, e ogni volta aveva guardato con meraviglia la bella casa del padrone.

Le scale erano di marmo, e la luce pioveva dalle lunghe volte dipinte; un gran silenzio aristocratico regnava nella grigia penombra, e Fidele aveva paura di mettere i suoi grossi piedi sulle stuoie dei pianerottoli.

Mikela l'introdusse nella stanza da pranzo, e chiuse la porta di legno rosso lavorato.

- Cosa vuole? - domandò Fidele, entrando, pieno di meraviglia.

Mikela lo guardò bene in volto.

- Tu sai, oltre lo stradale c'è la strada vecchia che conduce al mio villaggio? - chiese rapidamente.

- Sissignora - disse lui, guardandola anch'egli con fissazione. Vide che aveva una guancia pallida e una rossa, e pensò che doveva essersi coricata dal lato della guancia rossa.

- Tu, - esclamò Mikela, con vivacità, appoggiando forte le mani alla tavola quasi per dar più energia alle sue parole, - tu ci sei andato mai?

- Uh! Tante volte!

- Se tu ci vai oggi, e arrivi in modo che zio non ti veda, e ritorni oggi stesso, vedrai cosa saprò fare per te!

- Cosa farà per me? - pensò Fidele, e si decise subito ad andare, ma disse a voce alta:

- E le legna chi le porta?

- Non t'importi nulla di ciò. Dimmi se vuoi andare o no.

Egli pensò alquanto.

- E le serve? - domandò.

- Non t'importi anche di ciò. Se vai, sellati subito la cavalla e corri.

- Dove andrò?

- Ma giurami che non dirai nulla a zio, al suo ritorno.

- Ih, sarebbe bella! - gridò Fidele facendo scoccare le dita. - Sarebbe gettarmi la corda al collo io stesso.

- Lo credo bene, ma... giura.

- Che non riveda mia madre!... - esclamò egli, agitando le mani.

Allora Mikela parve rassicurata.

- Tu andrai in casa mia e consegnerai una lettera a mia madre. Ma bisogna che arrivi prima di zio. Non ti fermerai in alcun posto, e soprattutto filerai dritto davanti alla cantoniera.

- Sicurissimo.

- Cosa diavolo c'è? - pensò Fidele, mentre Mikela gli consegnava la lettera. E fece i soliti pensieri maligni.

- Io mi fido di te, Fidele - disse la ragazza sorridendo. - Non invano devi chiamarti così. Presto, presto va. È una cosa importantissima. È un piacere che non dimenticherò mai. Vedrai, vedrai...

Subito Fidele sellò la cavalla. Era commosso per la fiducia che Mikela gli accordava, e partendo era deciso di far tutto a dovere.

- Non avvicinarti alla cantoniera - gli ripeté Mikela. - Se t'incontri con zio, guai!

- Stia tranquilla; non mi avvicinerò!

Partì al galoppo. Allora entrambe le guancie di Mikela tornarono pallide, e un brivido le corse per tutta la persona.

Mandò le serve a lavare, e si rinchiuse in casa, decisa di non accendere il fuoco per quel giorno.

Si sedette nel cortile, trapuntando i polsi di una camicia, e il suo pensiero prese due direzioni, due vie diverse. Seguiva il passo tranquillo del cavallo di don Evéno, e il galoppo sfrenato della cavalla di Fidele. A momenti le pareva però che i due s'incontrassero, e allora un brivido di freddo angoscioso tornava a invaderla dai piedi alla testa. Così passò tutta la giornata, in una calma perfetta, che in fondo era un'angoscia suprema.

Fidele tornò verso sera, tanto presto che Mikela si spaventò.

- È accaduto nulla? - domandò col volto più bianco del solito.

- Nulla! - esclamò il servo levando la sella alla cavalla. Nell'ombra Mikela non s'accorse che Fidele aveva gli occhi un po' smarriti.

- Sono andato... sono andato... e ho consegnato la lettera...

- Sono tutti sani in casa?

- Uh! Credo benissimo! Sua madre voleva farmi restare per mangiare, ma io son ripartito subito... si figuri!

- Hai fame dunque?

- Poco.

Saputi molti altri particolari, Mikela si rassicurò. E, timidamente, diede a Fidele un biglietto da dieci lire.

- Io? - disse il servo. - Io non voglio nulla! Dio me ne guardi!

Ma dopo qualche insistenza da parte della fanciulla, prese il denaro con disinvoltura, e non protestò quando ella disse: - Se hai bisogno di me, qualche volta, non stare in soggezione!

Eppure il fatto stava in questi termini. Avvicinandosi alla cantoniera Fidele aveva sentito una voglia prepotente di bere.

- Vado? Non vado? Il padrone è passato o non è passato? C'è o non c'è?

Con questi quesiti in mente attraversò il bosco. Alla vista dello stradale fu per indietreggiare, ma la sua mala indole gli diceva:

- Va e bevi, sciocco! Il padrone non c'è; è già passato. Va e bevi, e poi corri, corri... -. Così trovossi sulla porta della cantoniera. Le donne ivi residenti, vendevano galline, vino e frutta ai viandanti, e Fidele voleva bere mezzo litro di vino, seduto in sella, e comprarsi un pane, perché quella mattina non aveva punto fatto colazione.

- Comare, comare! - cominciò a gridare chinandosi sulla porta. - Comare Maria, che il diavolo vi baci, uscite fuori!...

- Cosa sento? - esclamò un signore, uscendo come un fulmine dalla porta laterale della cantoniera.

Fidele si fé bianco come un cencio.

Don Evéno gli stava davanti.

- Cosa è questo? - gridò. - Perché sei qui, Fidele? Chi ti ha ordinato?...

Fu così che Fidele gli consegnò la lettera di Mikela.

- Sta benissimo! - disse don Evéno, con voce stridente. - Tu non dirai di avermi incontrato. E guai a te se osi pigliar un centesimo da Mikela!

- Sarebbe bella! - esclamò Fidele. Ma poi trovò bellissimo il biglietto da dieci lire di Mikela, e bellissima la speranza di averne altri, all'occasione. Pensò:

- Dal momento che devo dire d'essere andato!

Don Evéno tornò due giorni dopo.

Mikela aspettava con ansia il suo ritorno, ma non osò chiedergli nulla, né egli, per tutta la giornata, le disse nulla. Solo, sul tardi, la chiamò nella stanza da pranzo. Come la sera in cui l'aveva trovata sul divano, imbruniva. Ma la finestra era spalancata, e tutto l'incanto del cielo vespertino, sul cui oro pallido pareva si fossero sciolte delle rose porpuree, inondava le pareti, la stoffa del divano, e le corsie di panno giallo ricamate.

Mikela entrò silenziosamente. Quando si voltò per chiudere la porta rossa, don Evéno balzò in piedi, con una mossa strana, ma rapidamente si ricompose. Mikela si mise davanti; fra lui e la gran luce radiosa della finestra. Così il suo viso pallido restò nell'ombra, ma i suoi capelli, attortigliati signorilmente sulla nuca, splendettero intorno alla sua testina vezzosa. E il suo corsetto verde rifletté l'oro roseo del cielo come l'acqua di uno stagno.

- Mikela, - disse don Evéno, - tu sai perché sono andato a casa tua. Abbiamo combinato ogni cosa. Tua madre è contentissima. Ma capirai che bisogna aspettar qui finché sposerete...

- Dio mio... - gemé Mikela, - cosa vuol dir ciò? Come mia madre può esser contenta?

Ma don Evéno non le badò, e continuava:

- Io farò tutto il possibile per contentarti. Tu mi dirai ciò che devo fare. Mi dispiace assai che tu mi lasci, ma io ho capito subito, fin dal primo giorno, che bisognava rimediare le cose in modo soddisfacente per tutti. Tu non potevi sacrificarti, ed anzi hai fatto troppo; ma io non dimenticherò...

- Voi avete fatto e disfatto - disse Mikela con angoscia. - Vi ho forse detto mai qualche cosa io?

Lasciò cader le braccia con l'abbandono della disperazione, e non udì più nulla di ciò che Evéno le diceva.

Pensava a questo grande mistero. Ella aveva scritto alla madre facendole sapere che non pensava più, da vari mesi, al suo vecchio amore. E la pregava vivamente di non acconsentire al progetto di matrimonio che recava don Evéno. Scriveva:

«Per quanto avete caro nella vita, vi prego, cara mamma, dite di no. Ma non fate vedere che son io a consigliarvi; perciò vi scrivo in segreto. Io voglio restar qui fino alla morte, e, a meno che zio non mi mandi via, io resterò sempre presso di lui!».

E invece la madre acconsentiva!

Perché? Come? Come, Dio mio?

Tutto il sangue le saliva alla testa, eppure il suo volto impallidiva sempre più, e il fremito gelato dell'altro giorno tornava a serrarle la gola.

E don Evéno proseguiva, ma lei non riesciva a intenderne le parole. A un tratto un'orribile idea venne a scuoterla. Zio Evéno voleva mandarla via, e lo faceva in questo modo pulito.

- Uccidetemi meglio! - pensò. Due grosse lagrime le rigarono le guancie, e tutto il suo volto si scompose.

Solo allora don Evéno ne ebbe pietà e terminò la sua orribile commedia.

- Mikela, Mikela mia, - disse, prendendole una mano, - perché piangi?

Essa singhiozzò più forte, e sotto lo sguardo di lui, che si faceva vivo e ardente, provò un'acuta angoscia ch'era una intensa voluttà. Gli nascose il viso sul petto, e per due o tre minuti i suoi singhiozzi si fecero più forti, come singulti di bambina, scuotendola tutta quanta.

Egli si pentì di averla così addolorata, di non aversela presa tra le braccia fin dalla mattina, dicendole che l'adorava, che l'aveva chiesta in isposa a sua sorella, dopo la lettera datagli da Fidele, ma nello stesso tempo gustò intensamente il piacere di vedersi tanto amato, amato così, fino allo spasimo della disperazione...

- Perdonami - le disse quando furono seduti sul divano, accarezzandole i capelli. - Ma tu pure mi hai fatto tanto soffrire! Tu devi aver sentito che volevo allontanarti da me per non morire d'angoscia, e non mi hai detto nulla, nulla, nulla.

- Non ho potuto... non ho compreso... Come volevi che io sentissi il tuo amore, se tu non sentivi il mio... Evéno?...

Era la prima volta che pronunziava il suo nome solo, dandogli del tu. Egli ne rabbrividì per il piacere.

- Ma ora... ora ci comprendiamo?... - domandò sorridendo. Ella chinò la sua testina sulla sua spalla, ed egli, nell'oscurità vellutata che saliva per il cielo lontano, credé veder spuntare una luminosa aurora.

Era il suo giorno, che spuntava, alfine!

DUE MIRACOLI

Col rosario di madreperla in mano zia Batòra saliva lentamente per il sentiero dirupato che mena dal villaggio di Bitti alla sovrastante chiesa del Miracolo, cioè di Nostra Signora del Miracolo. Una chiesa famosa in tutta l'isola di Sardegna. Si narrano grandi miracoli, - creati ed accresciuti dalla fantasia del popolo, - accaduti in quella piccola chiesa, ai piedi dell'umile altare, e migliaia e migliaia di persone bisognose di miracoli spirituali o materiali, corrono ancora a Bitti, agli ultimi di settembre, per la festa annuale e rituale di Nostra Signora. Diciamo ancora perché ormai questa festa, - come tutte le usanze antiche, spazzate via dal soffio dei nuovi tempi, - ha perduto il suo splendore e la sua magnificenza. Tuttavia la folla, venuta da villaggi lontani, traverso montagne e vallate, si accalca ancora sotto la nicchia della piccola Madonna miracolosa, che sorride misticamente, misteriosamente, e d'anno in anno si sparge per le turbe commosse la voce di un nuovo miracolo.

Zia Batòra era molto divota a Nostra Signora del Miracolo. Ogni primo lunedì del mese saliva lassù recitando il rosario, dava messe, processioni e novene, e durante i tre giorni della festa pregava continuamente, recandosi mattina e sera alla chiesa. Ella chiedeva un grande miracolo a Nostra Signora; le chiedeva un po' di pace, un po' di conforto per la travagliata anima sua, ma sempre invano. I giorni e i mesi scorrevano, si seguivano le messe, le processioni e le novene, ma la desolazione, l'amarezza e lo sconforto stagnavano sempre nello spirito di zia Batòra. Essa non poteva dimenticare, il suo cuore restava spezzato, sanguinante, e, nonostante, le sue ricchezze, nonostante le sue tancas, il suo bestiame e il suo denaro, ella era povera più del più misero mendicante, e vedeva il resto dei suoi giorni perdersi in un orizzonte nebbioso e desolato, come i paesaggi degli altipiani bittesi. Anche la casa di zia Batòra, la bella casa dai poggiuoli di legno, donde si vedeva l'altura e la chiesa del Miracolo che nei tramonti rosei di settembre parevano, così delineati nel nitido orizzonte, uno di quei paesaggi dipinti nello sfondo di qualche quadro sacro del Risorgimento (sic), la bella casa, dunque, era spiritualmente vuota e triste, benché ripiena di ogni grazia di Dio, vuota come l'anima della persona che l'abitava. Voi, o invisibile signora, a cui narro questa piccola storia, non potete sapere, non potete immaginare certe disgrazie tremende, certe desolazioni immense che non avete mai provato.

Sadurra, la bella ed unica figlia di zia Batòra, s'era innamorata di un giovane povero, e di cattiva stirpe. Tutto l'essere altero di zia Batòra, che, oltre l'esser ricca apparteneva a quella classe aristocratica del popolo sardo, chiamata dei principali - gente potente e strapotente, che conserva qualcosa della boria spagnuola, talvolta più ricca e più nobile, degli stessi cavalieri sardi, - s'era rivoltato contro quest'amore, che a lei sembrava quasi fuor di natura.

E Sadurra, compiuti i ventun'anni, era scappata dalla casa paterna per unirsi all'uomo del suo cuore. Fu un grande scandalo, un avvenimento che fece eco persino nei villaggi vicini e nella città di Nuoro.

Zia Batòra ne restò annichilita, distrutta, moralmente uccisa. Mai madre aveva amato la figlia come zia Batòra aveva amato la sua. Per venti anni, dopo che le avevano ucciso il marito, essa aveva concentrato ogni suo affetto e ogni sua speranza in Sadurra, sognando per lei un avvenire luminoso, che, naturalmente, si compendiava in un marito ricco, forte, di casa principale. Forse magari un signore, forse un vendicatore del padre di Sadurra. Ed ogni sogno, ogni speranza, ogni affetto era svanito. Zia Batòra aveva maledetto sua figlia; inginocchiata sulla cenere, coi capelli sparsi e il seno ignudo aveva maledetto il latte con cui l'aveva nutrita, e giurato sul pane e sulla croce d'oro del suo rosario di non riconoscerla più per figlia, ma per mortale nemica. Così era rimasta sola, nella sua casa spopolata per sempre di sogni e di speranze. Essa si vedeva disonorata, e il trionfo che menavano i suoi nemici - cioè la parte avversa al suo partito, di cui essa, nella sua qualità di donna energica, ricca e potente, formava una delle colonne principali, - acuminava la sua disperata angoscia.

Sul suo viso bianco e stirato, nei suoi occhi violacei, profondamente incassati, di una severità spaventosa, sulle sue labbra sottili e pallide non appariva mai una increspatura di dolore, e neppure di amarezza, per cui si diceva:

- Zia Batòra è una donna forte, e le disgrazie non l'atterrano.

Ma il suo cuore era tutto rosicchiato, tutto a brandelli, e i suoi occhi non avevano più lacrime. Viveva di rancore, di odio e di preghiera. Più di una volta, allorché le giungevano, acute come stoccate, le voci irrisorie dei nemici e degli amici, era stata tentata di mandar due uomini o uno solo, per dare una fucilata a Peppe Nieglia, il marito di Sadurra, ma la sua profonda fede religiosa l'aveva sempre salvata dal commettere un delitto.

Aveva già fatto testamento, in favore della Chiesa del Miracolo, e pregava dì e notte la dolce Madonna perché le donasse un po' di pace, un po' di riposo; ma, ripetiamo, sempre invano.

Dopo sedici mesi dal terribile avvenimento, essa spasimava ancora, né l'idea che Sadurra conduceva una vita stentatissima, né la soddisfazione di aver brutalmente, più volte respinto le sue proposte, di pace e di perdono, la consolavano.

Saliva dunque lentamente per il sentiero che conduce alla chiesa, col rosario di madreperla in mano. Benché a Bitti le vedove, dopo un certo tempo, indossino vesti di colore, - contrariamente a quasi tutto il resto dei villaggi sardi, - zia Batòra era vestita di nero, sempre. Persino la sua lunga cuffia, celata dalla benda, era di stoffa nera, con una croce di trina d'argento sulla sommità, forse un segno misterioso di cui solo zia Batòra sapeva il simbolo. Il corsetto, aperto davanti, lasciava scorgere la camicia ricamata, - la sola cosa elegante che abbia il costume di Bitti, - e al disotto delle gonnelle d'orbace, corte, scendeva il volante della sottana bianca. Zia Batòra pregava, e ogni tanto fermavasi per dar l'elemosina ai mendicanti che, fermi sugli angoli del sentiero chiedevano pietà a voce alta e cadenzata, con lunga cantilena e con la mano tesa.

La folla variopinta si accalcava per la strana via e sulla spianata ampia della chiesa. Giù Bitti col selvaggio borgo di Gorcai a fianco, esultava, con le strade piene di gente, nel sole di settembre, tutto circondato dalla vallata verde, fresca, scintillante.

Zia Batòra continuava la sua ascesa senza por mente alla gente, ma giunta alla spianata si fermò facendosi il segno della croce.

Usciva una processione. E diciamo una perché le processioni del Miracolo sono innumerevoli.

Qualunque persona devota può entrare in sagrestia e dire:

- Fate una processione secondo la mia intenzione.

Offre una piccola elemosina, qualcosa tra il mezzo scudo, o tre e cinquanta, e la processione esce subito. Dietro i sacerdoti vengono gruppi di uomini di villaggi diversi, ciascuno col proprio stendardo, - che hanno portato con loro dai lontani paesi, - e si fa il semplice giro della chiesa, poi si rientra o si prosegue per conto di altra persona. In una mattinata si possono eseguire, e si eseguiscono, molte dozzine di queste processioni, che sono il punto più caratteristico della festa del Miracolo, mentre al lato opposto della spianata la gente allegra, venuta per divertirsi, balla il duru-duru, il famoso ballo tondo, tra la polvere, il sole e i merciai ambulanti.

Rientrata in chiesa la processione, zia Batòra si mosse ed entrò essa pure. La chiesa era già affollata di donne diverse di volto, di costumi e di lingua, donne di tanti villaggi, molte delle quali erano venute a piedi nudi e coi capelli sciolti.

Un gran chiasso s'innalzava da tutta questa folla multicolore, passava una specie di fremito, e tutte le donne parlavano tra loro, anche senza essersi mai vedute. Zia Batòra giunse a stento, pestando piedi e gonnelle e destando esclamazioni energiche per questo suo procedere, in fondo alla chiesa, posto dove usava sempre inginocchiarsi. Laggiù c'erano molte donne di Bitti, che aspettavano la messa.

- Cosa c'è? - chiese zia Batòra a una sua conoscente.

- C'è una ragazza indemoniata - rispose l'interpellata, con voce bassa e commossa. - Dopo la messa la scongiureranno. Chissà, chissà che Nostra Signora faccia il miracolo...

E narrò misteriosamente una storia spaventosa, la stessa che serpeggiava per la folla, destando fremiti e sussurri. Era l'anima dannata di un prete che aveva in corpo, la ragazza.

- Di dov'è?

- Di Alà. Sentite, comare mia...

Scomunicato da un altro prete, lo spirito dannato non era stato accolto né in cielo né in purgatorio, e neppure nell'inferno. Prima di entrare in quest'alloggio, lo spirito doveva vagare per un tempo indefinito sulla terra, incarnandosi sul corpo di ragazze innocenti, di sette od otto anni. Ora l'aveva quella povera ragazza di Alà. Si dicevano cose terribili. La povera piccina non aveva pace, e faceva proprio azioni da indemoniata. La sua voce era quella dello spirito dannato. Guai a mostrarle cose di Chiesa! Le sputava, imprecando, bestemmiando, frantumandole, mettendo un'azione di forza impossibile per la sua età e per la sua personcina.

Zia Batòra, con gli occhi intenti, fremeva guardando se poteva scorgere la spaventosa creatura.

- Non è in chiesa, - disse l'altra, - la entreranno legata, dopo la messa.

- Ma se Nostra Signora fa il miracolo, e lo spirito esce di corpo a questa ragazza, non entrerà in quello di un'altra, poiché è tale il suo destino?...

- Non lo so - rispose la donna imbarazzata. - Nostra Signora farà il miracolo completo, e lo spirito andrà all'inferno, se pure Nostra Signora non gli usa misericordia, mandandolo in purgatorio...

Cominciò la messa. In un attimo la chiesa fu piena zeppa di gente, stipata, accalcata, fremente.

Stavano tutti in piedi, sofferenti per il caldo e per l'attesa della ragazza indemoniata. Solo zia Batòra non pensava più ad essa. Il suo volto era più bianco del solito e i suoi occhi fissavano febbrilmente l'altare, ma in realtà vedevano nitidamente qualche altra cosa, la vedevano nitidamente, senza guardarla.

Vicino a Batòra c'era una panca, e tre donne stavano ritte sopra, dominando così la folla.

Una di queste donne teneva in braccio un bambino di sei o sette mesi, un bellissimo bimbo biondo e grasso, tutto color di rosa, che formava l'ammirazione delle donne vicine, benché pur esse commosse dall'attesa generale della ragazza con lo spirito.

La giovine che lo teneva sulle braccia era invece bruna, magra, pallida. Tuttavia il suo volto conservava il ricordo di una grande bellezza.

Era Sadurra, malata, vestita quasi poveramente. Anch'essa vedeva sua madre, la vedeva fredda, bianca, indifferente e superba, e faceva sforzi supremi per non rompere in pianto. Perché, perché almeno non dava uno sguardo, al bambino, che aveva il nome del nonno ucciso, che era bello come una dipintura?

Ah, senza dubbio, zia Batòra invece fremeva di ira e malediceva la bionda testolina dell'innocente...

A questa tetra idea Sadurra lacrimava in cuor suo e veniva tentata di andarsene dalla chiesa.

Zia Batòra non malediceva il bambino, anzi la sua vista temprava l'ira apportatale dalla presenza di Sadurra. Non lo aveva ancora veduto quel bambino, quel suo nipote, e, non vedendolo, non aveva mai fatto un gran conto. Anche Sadurra era da molto tempo che non la incontrava.

Come era cambiata la disgraziata, il disonore della stirpe, la beffa del villaggio! Pareva una mendicante, pareva... Zia Batòra non esplorava il fondo del suo cuore, altrimenti sotto lo strato dell'ira avrebbe trovato un mare di pietà per la figlia sua.

Nostra Signora mia, come era bello il bimbo! I suoi occhi erano eguali a quelli del morto... No, non rassomigliava punto alla schiatta vile vile dei Nieglia; no, no...

La messa procedeva. Si era fatto un po' di silenzio in chiesa, avvicinandosi l'Elevazione.

Zia Batòra pregava solo con le labbra. Non vedeva, né udiva nulla, nulla, nulla, tranne le voci del suo spirito in tempesta. Ira, schianto, umiliazione, tenerezza, rimpianto, amaritudine e dolcezza, odio e pietà e amore passavano e sfilavano nell'animo semi-selvaggio, straziandole i resti sbranati del cuore, facendola piangere ed esultare per lo stato miserabile in cui scorgeva sua figlia, la sua nemica, il suo disonore...

Ma il suo volto restava impassibile. Solo un tremito leggerissimo le agitava le labbra che pregavano.

All'Elevazione la folla, mal come poté, gli uni sugli altrì, si inginocchiò.

- Gesù, Gesù, - seguitò zia Batòra, nascondendo il volto tra le mani, - Gesù, Nostra Signora mia, abbiate pietà di me, abbiatene, abbiatene.

Essa sentiva gli occhi di Sadurra fissi sopra la sua persona e ne provava uno spasimo indicibile. Avrebbe voluto baciare il nipotino, avrebbe voluto battergli la testa al muro e sfracellarlo. Senza fallo Sadurra glielo mostrava così sfacciatamente per farla morire di rancore, rinnovandole il ricordo dei tormenti passati. Ancora, ancora la riafferrava l'odio, la rabbia, l'umiliazione. Le pareva che le donne Bittesi ed anche le straniere la guardassero, guardando poi Sadurra e deridendola, esultando della sua umiliazione.

Dio, Dio santissimo, che terribile messa era quella per zia Batòra, Dio!

A misura che la messa finiva, cresceva l'attenzione fremente, l'agitazione morbosa della folla. Anche gli uomini, i mercanti, i venditori, i monelli, tutti si erano introdotti in chiesa, spingendo, pigiando la gente. Qualche donna svenne, e risuonarono alcune grida, di persone dai piedi pestati e vesti gualcite.

In alto, dietro la balaustrata dell'altare, un gruppo di carabinieri metteva una strana nota nel quadro.

Nel pigia pigia, zia Batòra, che soffocava sotto la sua lunga cuffia nera, venne sospinta sino ai piedi della panca ove stava Sadurra.

Ora tremava tanto che a momenti era visibile il suo turbamento, acuminato dalla commozione che l'aspettazione del miracolo metteva anche nel suo spirito tormentato.

Alla fine un lungo sussurro percorse la folla. La ragazza era stata introdotta, e zia Batòra, dagli occhi acutissimi la vide per la prima.

Era una piccina vestita in costume, un costume tutto di panno scuro, magra bianchissima, e con gli occhi di un bizzarro colore, quasi color rame, rilucenti davvero di una fiamma infernale. Legata fortemente, non oppose alcuna resistenza, né parlò durante lo scongiuro; ma quando si trattò di farle baciare la reliquia santa fece un chiasso proprio del diavolo.

Le donne impallidirono, e si fece un gran silenzio ansioso per la chiesa.

La bambina destava in realtà paura. Gridava e urlava con una voce sonora, maschile, imprecando, sputando la reliquia, parlando in latino e dicendo cose terribili.

Inginocchiata, con la fronte appoggiata allo spigolo dell'altare, una donna piangeva e pregava, agitata da singhiozzi spasmodici.

Zia Batòra guardava più la donna che la bambina, di cui senza dubbio era la madre, e una specie di fascino, una forte suggestione di pietà soggiogavale l'anima. Le sembrava sentire i lamenti della sventurata.

La gente mormorava di nuovo, e nel susurro forte, febbrile, che allagava la navata della chiesa, destandone l'eco misterioso, zia Batòra avrebbe giurato di udire le parole della donna di Alà, che le diceva:

- Non c'è una madre più sventurata di me. Perché vieni tu a piangere qua, cosa vuoi, cosa chiedi? Son io la madre disgraziata. Tu hai la pace vicino a te, entro di te, ma è il tuo orgoglio che la respinge, o Batòra, Batòra!

Sì, proprio, zia Batòra sentiva il suo nome, ripetuto a migliaia di volte dall'eco della navata; questo almeno poteva giurare. E presa da un repentino rimorso, da una tenerezza immensa, avrebbe voluto voltarsi e baciare il bimbo di Sadurra, il cui respiro le sfiorava la testa, ma non poteva, non poteva ancora, benché sentisse che non sarebbe uscita di chiesa senza far ciò...

La grande commozione, o meglio la tensione che lo spettacolo svolgentesi nell'altare, metteva nelle sue sensazioni, faceva tacere la passione intima di zia Batòra, mentre la vista di quel dolore materno, senza parole e senza confine, sviluppava il suo amore di madre, da lungo tempo represso.

I singhiozzi della donna di Alà erano così forti che dominavano il baccano suscitato dalle convulsioni della bambina. Zia Batòra li udiva con spasimo, e le pareva di provare un acuto dolore fisico; non sapeva dove, né come, ma che forse era il soffocamento che l'asfissiava.

La spiritata continuava a contorcersi, urlando spaventosamente e vomitando bestemmie inenarrabili, in latino, in sardo, in italiano.

Aveva rotto i legami che l'avvolgevano, e tre uomini, forti e robusti, aiutati dai carabinieri, bastavano a mala pena a contenerla, nonché a farle baciare la reliquia. Il sacerdote continuava i suoi scongiuri, e la folla, stanca dello spettacolo, parlava a voce alta, dimentica del luogo.

Pareva la spianata all'ora del ballo tondo.

Ma a un tratto zia Batòra vide la madre della ragazzina alzarsi, cessando dal piangere, come inspirata. Prese essa la reliquia, e con un atto repentino la accostò alle labbra della figlia.

Allora si vide una cosa meravigliosa e commovente, benché tanto attesa.

La bimba si calmò per incanto, i suoi occhi si spensero in un languore dolcissimo, e cadde inginocchiata, dicendo l'Ave Maria ad alta voce, con una vocina sottile, soave, piena di pianto.

- Figlia mia!... Figlia mia!... - gridò la madre, con un accento che la gioia rendeva straziante, pazzo...

Il miracolo era compiuto. La folla tacque, e quasi tutti si inginocchiarono, pallidi, frementi, rispondendo all'Ave Maria della bambina. Moltissime donne piangevano e singhiozzavano, con quel pianto che è l'espressione più viva di un terrore indicibile, naturale o sovrumano, e che può dirsi la vertigine dello spirito davanti a un fenomeno terribile e misterioso nella sua stessa semplicità.

Zia Batòra era fra queste donne.

Essa ridiscese al villaggio col bimbo di Sadurra in braccio e con la figlia al fianco. Per cui i buoni Bittesi, fieri della loro Madonna, dissero che quell'anno Nostra Signora aveva fatto due miracoli.